◆◆ 中国文学名家小小说精选丛书

没有季节可以错过

徐全庆　著

江西高校出版社
JIANGXI UNIVERSITIES AND COLLEGES PRESS

南　昌

图书在版编目（CIP）数据

没有季节可以错过 / 徐全庆著 . -- 南昌：江西高
校出版社，2025.6. -- (中国文学名家小小说精选丛书
). -- ISBN 978-7-5762-5606-2

Ⅰ . I247.82

中国国家版本馆 CIP 数据核字第 20247KS298 号

责 任 编 辑　邵星星
装 帧 设 计　夏梓郡

出 版 发 行　江西高校出版社
社　　　　址　江西省南昌市新建区工业二路 508 号
邮 政 编 码　330100
总 编 室 电 话　0791-88504319
销 售 电 话　0791-88505090
网　　　　址　www.juacp.com
印　　　　刷　鸿鹄（唐山）印务有限公司
经　　　　销　全国新华书店
开　　　　本　650 mm×920 mm　1/16
印　　　　张　13
字　　　　数　160 千字
版　　　　次　2025 年 6 月第 1 版
印　　　　次　2025 年 6 月第 1 次印刷
书　　　　号　ISBN 978-7-5762-5606-2
定　　　　价　58.00 元

赣版权登字 -07-2024-974

CONTENTS
目　录

没有季节可以错过

◀ 师长卖马

马队无精打采地向前走，全无一点战马的威风。也难怪，人每天都只能吃半饱，哪有粮草喂马呢？赶马的司务长也是垂头丧气的样子，步伐显得十分沉重。

师长喊住司务长，说，怎么，舍不得这些马？

司务长点点头，说，它们可都是咱们的宝贝呀。

可咱们也不能让战士们饿着肚子过年呀？抓紧时间把它们全卖了。师长这样说时，语气非常坚定。

司务长应了一声，继续往前走。师长柔柔的目光抚摸着那些马儿，突然，他又喊住司务长，问，怎么只有十二匹马，我那匹白马呢？

司务长用乞求的目光望着师长，说，咱总得留一匹马呀。再说了，那匹白马可是立过无数战功的呀，还救过您的命呢。求求您留下它吧。

胡闹！师长的脸严肃起来，指着那十二匹马说，它们哪个没立过战功？单单留下我的马，其他人怎么想呀？拉去一起卖了。这是命令！

太阳落山时，司务长回来了，十三匹马卖掉了十二匹，只有师长的白马没有卖掉。师长疑惑地望着司务长，问，这匹马会没人要？

没有人肯买我有什么办法？司务长不看师长，低着头嘟囔道。

明天再去卖。师长说，语气十分坚定。

第二天仍没有卖掉。

第三天也没有。

师长纳闷。司务长再去卖马时，师长就偷偷地跟着。有人问价钱，司务长没好气地说，两千块。那人摇摇头，走了。师长走过去，盯着司务长说，两千块，你以为你卖汽车呢？再有人来买，只准要六百，多一个子儿都不行。师长说完，又狠狠瞪了司务长一眼，才转身离去。

晚上，司务长又把那匹马牵回来了。司务长说，六百也卖不掉。

师长说，明天再去，卖五百。

可仍然没有卖掉。

价钱一降再降，可那匹马却一直没有卖掉。

就有人议论，说师长并不是真的想卖马，只是做个样子。

师长生气了，亲自去卖马。

师长牵着白马站在路边。很多人都主动和他打招呼，可没有人一个买马。师长更加疑惑。

这时，一个操着河南口音的商人走过来，师长拦住他问，买马吗？那人打量了一下师长，又打量了一下白马，问，多少钱？

两百块。师长说。

两百？那人以为自己听错了，这么好的马只卖两百？我买了。那人说着连忙掏钱。可却发现没有带钱，满脸遗憾地说，我身上只带了一点零钱。

师长问，零钱有多少？

只有三十多块钱。

行，卖给你了。师长说着把马缰绳递给那人。

那人一脸惊喜，连忙把一把零钱塞到师长手中，抓过马缰绳就要走。

站住。躲在一边的司务长跑过来，大喝了一声。

那人吓得一哆嗦，马缰绳掉在地上。司务长说，你知道这是谁的马吗？这是我们彭雪枫师长的马，彭师长还得靠它打鬼子呢，你怎么舍得买彭师长的马？

那人望着师长，问，您就是曾经驻守在河南桐柏山下的彭雪枫师长？

师长点点头。

那人把马缰绳递给彭雪枫，您怎么可以没有马呢？这马我不能买。

彭雪枫把马缰绳又塞到那人手中，说，这马已经卖给你了，再把它要回来，那我彭雪枫成什么人了？彭雪枫说完，快速离开了。

第二天天刚亮，彭雪枫突然听到一阵战马嘶鸣声。彭雪枫正在发愣，卫兵来报，咱们卖出去的十三匹战马全回来了。

　　彭雪枫跟着卫兵去看，只见十三匹战马昂首立在风中。他那匹白马马背上有一封信，信上说：彭师长，我把这十三匹战马全买回来了，现在再卖给您，您要付给我的是日本鬼子的人头，越多越好。

◀ 妈妈的棉袄

多年以后，我翻阅了很多史料，提到那两年的抗战生活时，都用了一个词：艰苦。但对于四五岁的我，那却是一段很快乐的时光。

那时候，镇上的学校已经停办，妈妈不再教学，每天去一所大院子里给八路军做衣被。虽然她还是没时间和我玩，但我可以跟着她，已足够我高兴的了。新做好的棉被堆成厚厚一堆，那是我的好玩具。我喜欢在上面翻跟头、打滚，或者爬上桌子、窗台向被子上跳。为此，我没少挨妈妈的吵。有两次，我听到妈妈来吵我，就钻进被子里。妈妈找不到我，忙着去做棉袄去了。我在被窝里乐得哈哈笑。妈妈很快就知道了我的伎俩，总是把我从被子堆里揪出来，给我更严厉的批评。但我依然乐此不疲。

有时，我真希望妈妈能不要做活，停下来和我一起玩。可妈妈从不。只有晚上睡觉前妈妈才有时间和我玩。我给妈妈揉肩、捶背（妈妈的肩膀、腰总是疼），她给我讲故事。可惜她总是讲着讲着就睡着了。开始，我常常把她喊醒，让她接着讲。她总忘记讲到哪儿了，在我提示下才能接着讲下去。可是，讲不了几句她又会睡着。这让我很失落。

另一个让我不满意的地方，就是吃不饱。我常常趁妈妈做衣被时偷偷跑出院子，去庄稼地里找野果吃。灯笼果、马泡、龙葵，都是我的最爱。为此，我还挨了妈妈两顿打，从此被关在大院里不准外出。

有一天，我和妈妈去大院的路上遇到一个小战士。他瘦瘦的，矮矮的，穿着单薄的衣服，冷风中冻得瑟瑟发抖。妈妈问他的棉衣呢，他不肯说，问急了，才说给一个伤员了。

我看到妈妈摸了摸她的棉袄。她的棉袄很厚实，晚上给我盖在被子上，很暖和。妈妈把棉袄脱下，塞给小战士。他脸涨得通红，慌忙向后躲，一边躲一边摆手，说，不，我不能要。

冻坏了怎么打仗？快，穿上！妈妈的语气是命令式的。

小战士继续向后躲。你也就一件棉袄，他说。

妈妈说，我就在被服厂工作，那儿有的是棉袄。妈妈说完，把棉袄披在小战士身上。

小战士离开后，妈妈开始打喷嚏。她背起我，快步向大院走去。

大院里却没有一件棉袄。头天做的棉袄都被送走了。好在还有几床棉被，妈妈披一件棉被开始做棉袄。我又开始在棉被堆里玩耍。

这时，有人来通知，说一队日本鬼子突袭来了，让我们赶紧向山上撤离。

我们撤到了山上，鬼子开始搜山。

我和妈妈趴在一片荒草丛中。

一个汉奸冲着我们藏身的地方喊道，出来吧，我看到你们了，再不出来皇军就开枪了。

我正准备站起来，妈妈按住我。

我小声对妈妈说，他们看见咱了。

妈妈一把捂住我的嘴，把我压在身下，在我耳边小声说，他骗咱们的。然后又说，别动，别出声。

我点点头。

鬼子的机关枪响了起来，有几颗子弹就打在我身边的石头上。我感到妈妈的身体一颤，把我压得更紧了。

又是几阵枪响后，鬼子们开始撤离了。

我觉得我脸贴着的石头湿漉漉的，用手一摸，竟然是血。

妈妈的血。

她的胸前中了一弹。

送到医院不久，妈妈就死了。她失血太多了。

医生很惋惜，她为什么没穿棉袄？

医生后来分析，从妈妈受伤的情况看，那颗子弹应该是打在石头上弹进她身体的。如果有一件厚棉袄，完全可以挡住它。

埋葬妈妈的时候，那个小战士也来了。他跪在妈妈的墓坑前使劲地磕头，头上磕出一个包，像坟头一样。

他脱掉妈妈给他的棉袄，叠好，放进墓坑中。

一个叔叔把它拿出来，给他穿上。他不肯。叔叔说，穿上它，多打鬼子，让这件棉袄见证，你给她报仇了。

小战士抱起我，在我脸上使劲亲了两口，说，我去打鬼子了，给你妈妈报仇。

几天后，一个战士把那件棉袄送给我，说是小战士牺牲前的唯一要求。

我抖抖地打开棉袄，它的胸前有好几个洞，血把它浸透了。

◀ 蹚过冰河的粮食

后来，已经成为开荒模范的王怀仁，在向别人介绍经验时，第一句话总是："我是从看到陈团长背粮过延河后开始变得像个人的。"

在那之前，他是个游手好闲的人。那时候，大家也不叫他王怀仁，叫他"坏人"。他妈有时恨极了，指着鼻子骂他："你天天吃了睡、睡了吃，啥活儿也不干，你咋不死去？"他嬉笑着回一句："我死了，你给谁做饭吃？"

他爹死得早，娘一个人拼死拼活地干，还是有上顿没下顿的。娘的眉头皱得像枣树皮，从来没有舒展过。他却不愁，吃过饭，找个墙根儿一躺，眯着眼晒太阳，或者找人聊天，但没人愿意和他聊。很多时候，人家聊得好好的，他一去，就都散了。他就冲着他们的背影骂："啥意思嘛，真把老子当坏人了？"

他第一次见到陈团长是在一个下雪天。家里又揭不开锅了，娘让他去二姨家借粮食。二姨家不远，走路也就两袋烟的工夫，但他不想去。娘铁了心让他去："不去，咱娘儿俩就都饿死算了。"娘还说："我实在没脸去你二姨家借粮食了。" 他也没脸去，他怕二姨父一个白眼接一个白眼地乜斜他。

拗不过娘，他只好鞋跟挨着鞋尖向二姨家挪。这时突然下起了雪，雪花漫天飞舞。这要是白面该多好，就不用去二姨家了。他在路边的石头上坐下来，任雪花落在头上、身上。他知道，下雪了，二姨父肯定在家呢。

这个时候他就看到了陈团长和他的兵。陈团长也看到了他，问他一个人坐在雪地里干什么。他不认识陈团长，但他不怕他们，因为他知道，这一批开进来的是八路军，八路军不欺负老百姓。"要饭，"他没好气地答，"家里没吃的了。"陈团长把一个战士身上的半口袋东西拎给他。他一摸就知道，那是苞谷。那战士说："团长，咱也没粮食了。"陈团长摆摆手，示意那战士不要再说了，然后问他："你叫什么名字？"他想了一会儿才想起自己叫王怀仁。

他很庆幸不用去看二姨父的脸色了，又后悔不该把名字告诉他们，或许他们会找他还粮食，甚至要求他还得更多。哪有部队不向老百姓要粮饷的呢？他因此不安起来。

几天之后，他再次见到了陈团长。这次是在延河里。

前几天还被冻得结结实实的延河化冻了，河面上的碎冰在河水的冲击下发出哗啦哗啦的声音。天哪，河里居然有人，很多人！每人肩上都扛着一个硬挺挺的口袋，口袋上搭着鞋和裤子。他们穿着裤衩在涉水过河。走在最前面的那人不时回头喊道："同志们，速度要快！"是陈团长。寒风呼呼地吹着，他似乎听到了陈团长上下牙打架的声音。他觉得自己仿佛也在水中，刺骨的寒意瞬间从小腿袭遍全身，他禁不住打了个哆嗦，一股尿液不受控制地涌出来。

他呆呆地看着他们上了岸。陈团长让大家放下肩上的东西，光着脚在雪地上跑步。直到身上跑出了热气，他们才穿上衣服，扛起口袋重又上了路。后来，他才知道，他们肩上扛的是粮食，是从三百里外的延长县一步一步背回来的粮食。

一连几天，他总是想起陈团长背着粮食涉水过河的情景。每次想起，还是会不由自主地涌出一股尿来。"艰难的粮食！"他不由感叹。

第三次见到陈团长是在他家里。陈团长是来给他家送粮食的。陈团长说："我估摸着，上次送给你的苞谷应该吃完了。"

粮食不多，却很沉，沉得他怎么都拎不动。陈团长走后，他看着那一小袋粮食号啕大哭。

"从那以后，我开始跟着陈团长开荒，"他说，"我很高兴，大家开始叫我'王怀仁'了。"

◀ 染血的借条

十年之后，水根依然后悔当初把白马借给那个红军战士。

那时候，水根还在给姜运昌打长工，虽然自家没有地，日子倒还过得去。偶尔，水根也会想，要是自己也有几亩地，不用给别人帮工，那该多好。但水根只是想想。水根是个安于现状的人，就这样过一辈子也挺好。

如果那次红军没有进驻他们村，水根真的可能就这样过一辈子了。可是，红军来了，来得很突然。

是兵村民都怕，大部分人都躲山里去了。水根也想往山里躲，但姜运昌让他留下来看家——家里还有很多东西来不及往山里搬。

水根就忐忑地留在家里。他不怕兵们抢东西，真抢了姜运昌也认，他怕万一伺候不好兵们会挨打挨骂，甚至丢了小命。但红军似乎和以前的兵们不一样，他们都很和善。主家若不同意，他们决不进屋，就在屋檐下过夜。

水根的屋里住了个年轻的战士，大哥长大哥短地喊水根，水根紧张的心逐渐放松下来。隔壁是马厩，马厩里有一匹白马。年轻战士一看到白马，目光就缠绕在马身上。水根心说："坏了。"

年轻战士替水根喂马，水根不让，战士却不听他的。喂完，战士还给马梳理毛发，动作很温柔。水根看得出来，年轻战士很喜欢这匹马。水根就在心里盘算，如果那战士提出要白马，他该怎么说。可战士迟迟没说。水根的心就始终悬着。

部队在村里住了三天，突然就开拔了，比来时更突然。年轻战士甚至来不及正式和水根告别，就匆匆地背起行装上路了。水根悬着的心终于放下来。

水根走进马厩，抚摸着白马，说："咱俩总算躲过一劫。"

话刚说完，年轻战士却回来了。战士说："你的白马能借给红军吗？我们首长的马前不久牺牲了。"

"就知道你一直想要这马，又何必拿首长当借口？"水根在心里叹一口气，然后默默地点头。水根早盘算好了，给就给吧，若是以前的兵，哪还会和你商量？

年轻战士一脸惊喜，忙说："可我不会写字，我现在去追司务长，让他给你写个借条。"

"哄谁呢？"水根这样想着，说，"算了。"

水根后来一直后悔说"算了"。他没想到，别的人家也有借给红军东西的，红军竟都给写了借条，独独他没有。

白马的事水根就说不清楚了。没人相信他真的借给了红军，姜运昌也不信。别人不信没关系，姜运昌不信，就不再请他帮工，水根的日子就难过起来，常常饥一顿饱一顿的。

"我说算了你就真算了，你看不出我是害怕和客气？"水根就常常这样骂那战士，直骂到一个八路军军官出现在他面前。

"八路军"把一张借条递到水根面前。借条虽然被浸湿过，残留着紫褐色的血渍，字迹却依然清晰："借到姜水根白马一匹……"

水根仔细看"八路军"，不是当年的红军战士。"他呢？"水根问。

"牺牲了，在回来给你送借条时遇上了国民党的部队。""八路军"说，"借条上都是他的血。打死他的是一个神枪手，此前已经有七个红军战士牺牲在他的枪下。"

"你们给他报仇了吗？"水根问。

"不能报。"

"为什么？"

"八路军"说："那个神枪手在他衣袋里发现了这张借条，他说，这样的军队是不可战胜的，于是当了逃兵，回了家乡。"

"那不更容易找他报仇了吗？"水根问。

"八路军"说："抗战爆发后，他加入了八路军，作战非常勇敢，击毙了不少日本鬼子。前不久他也牺牲了，这张借条是在他的遗书里找到的。他在遗书里说，他不敢把这张借条拿出来，因为他不愿意让人知道他曾经对红军犯下过那么大的罪，他只有拼命杀鬼子赎罪。"

"听说，你一直后悔把那匹白马借给了红军？""八路军"问。

"是的，我现在更后悔了。"水根说。

"为什么？"

"如果不是那样，他就不会牺牲了。"水根挺了挺腰，说，"我也想像那个神枪手一样赎罪，你们要我吗？"

"当然。"

◀ 绑　架
....

刘掌柜的独子刘耀庭失踪了。刘掌柜像无头的苍蝇，见人就问："你见到我家耀庭了吗？"

大家都摇头，脸上现出关切之色，安慰道："吉人自有天相，耀庭不会有事的。"也有人面色凝重地说："该不会被'啸山虎'……"

不等对方说完，刘掌柜就狠狠地往地上"呸"两声，截断对方的话说："你儿子才被土匪绑了呢。"

M 城周边土匪多，特别是北乡的"啸山虎"，手下几百号人，专干烧杀抢掠之事。M 城内有国民党军队驻守，"啸山虎"不敢进城抢掠，但绑票没少干。绑的都是有钱人家的公子小姐，收了赎金放人，不给就撕票。刘掌柜经营着一个不大不小的粮店，他的儿子失踪了，大家难免会朝那方面去想。

还真让大家猜着了，人果然被"啸山虎"绑架了，不过这次他要的不是钱，而是五大车粮食。

家人把信送给正在打听儿子下落的刘掌柜时，刘掌柜不顾有人在场，捶胸顿足，咧开大嘴哭起来："不是一直要钱吗，怎么到我这儿改要粮食了？这不是要人命吗？"

旁边有人说："你还缺粮食？"

刘掌柜瞪了那人一眼说："你以为我是心疼几车粮食？这年朋谁敢往外送呀？"

城外不仅有土匪，也有红军，全都要吃粮食。官府有命令，任何人不准把粮食卖给红军，否则是要杀头的。若是三两斗粮食，偷偷带出城去，也许不是难事，可五大车粮食，哪能瞒住人？那人自知自己失言，红着脸走了。

刘掌柜团团作揖说："求大家帮我出个主意。"

大家面面相觑，潦草地安慰他几句，纷纷告辞。

刘掌柜到处求人帮忙。大家都很同情他，觉得官府应该破个例，允许刘掌柜用粮食换儿子。有个富商就给他牵了个线，让他去求守城的官兵头头。那头头收了刘掌柜一大笔钱，又看在富商的面子上，答应夜间悄悄放刘掌柜的大车出城。

刘掌柜扑通跪倒，连磕三个响头。

刘掌柜把粮食送了出去，儿子却没能回来。

这出乎很多人意料。以前，"啸山虎"虽然无恶不作，但还算讲信用，收了钱就放人。这次收了粮食却不放人，大家对他的痛恨又增加了几分。城里的富户们都人心惶惶，生怕这倒霉事让自己遇到。有人就提议，还得请官兵剿匪。官兵借口没钱没粮，无法剿匪。富户们就开始凑钱。以前，官兵们剿匪也让大家出钱，大家出钱都不爽快，这次都很痛快，很快就筹集了不少钱。官兵们有了劲头，打了个大胜仗，"啸山虎"的土匪死伤大半，残部逃到山里去了。

但刘耀庭还是不见踪影。刘掌柜生意也不问了，全由家人打理，人变得神经兮兮的，见人就问："你认识'啸山虎'吗？求你和他说一下，把我儿子放回来吧。"大家认定刘耀庭是被土匪撕了票，但看他那样，都不敢说，连连摆手，抽身就走。有时，他会突然抓住一个人，涕泪横流："耀庭，你终于回来了。"吓得那人拼命挣脱他，像受惊的小鹿飞逃而去。

刘掌柜什么都不干了，每天城里城外找儿子。他头发蓬乱，胡子像冬天的荒草，衣服脏兮兮的，浑身散发着一种怪味。每次出城，守城的士兵不要说认真检查，碰都懒得碰他一下。

大家见了他就远远地躲开，开始，还在背后叹息一声可怜，后来，人们眼中心中就没有了刘掌柜这个人。

刘掌柜再次被大家关注是在刑场上，他满身伤痕，但目光坚毅，哪里有半点疯子的样子。原来他是红军的情报员。行刑前，他面带微笑，环视众人，似在和大家从容告别。

很多人都愕然，刘掌柜的演技太好了，把大家都骗了。继而感叹，放着那么舒坦的日子不好好过，何必呢？

一九四九年，M城解放，刘耀庭突然回来了，他已是解放军的一名团长。有人说："那五车粮食还是救了你的命。"

刘耀庭笑笑说："是救了一支队伍的命。"

◀ 抗日名酱

那时候，应城的酱油作坊很多，杨家酱油就是很有名的一家。

天下酱油制作工艺大同小异，基本上都是选料、蒸豆、发酵、酿制、出油、曝晒几道工序，应城酱油与其他地方相比，优点在于水。大富水在黄滩镇有一段回流处，河水清澈，河底有岩盐散发，水中富含矿物质，用其制作出来的酱油，汁浓、香醇、营养丰富，是酱油中的上品。

同样的工艺和材料，杨家酱油能做得更好，主要是用心。老板杨大兴无论做什么都精益求精。比如取水，必选在紫微星出时取，晒豆，要日晒夜露三至五年，这样，杨家酱油在应城就成了佼佼者。但杨大兴并不满足，还想进一步扩大影响，于是想到一个人。

这个人叫萧逸轩，是当时全国有名的书法家，达官贵人以能收藏他的字为荣。杨大兴带足礼品，登门去求萧逸轩，想请他写个招牌。

萧逸轩正在书房练字，听杨大兴说明来意，随手写了四个字：杨家酱油。

杨大兴说："我想请您写另外四个字。"

萧逸轩扭头看着杨大兴，不说话。

杨大兴躬身施礼，说："麻烦您给写'应城名酱'四个字。"

萧逸轩抓起写好的"杨家酱油"四个字，撕掉，揉成一团，扔进垃圾桶，然后又开始练字。

杨大兴等了好一会儿，看他还没有写自己要的字，小心地说："萧先生，我要的字……"

萧逸轩头也不回，淡淡地说："应城名酱可不止你一家。"说完继续练字。

杨大兴无奈离开。

不久，日本人来了。领头的吉田是个吃货，走到哪里都带着好几个厨子。一个厨子听说杨家酱油有名，就去买，杨大兴冷冷地说："不卖。"

厨子回去汇报，吉田大怒，让翻译官亲自上门。翻译官挺着肚子到了杨家作坊，睨着杨大兴说："你知道应城是谁的地盘吗？"

杨大兴直视着翻译官说："中国人的地盘。"

翻译官知道遇上了不好剃的头，脸上挤出一丝笑容，说："吉田大佐要的酱油，你怕不给钱？"

"我不和强盗做生意。"杨大兴说完，回屋，关上门。

翻译官在门外气得大叫："明天我就带人砸了你的作坊。"

杨大兴冷冷地说："不劳您大驾，今天我自己就把它砸了。"

第二天，翻译官带着一队日本兵到了杨家作坊，却见大门紧锁。翻译官让人砸开大门，里面空无一人，坛坛罐罐都砸碎了，酱油全洒在地上，一滴不剩。

翻译官让人砸了门窗，又摘下"杨家酱油"的牌子，踹得稀烂。

吉田大佐没能吃上杨家酱油，把翻译官狠狠骂了一通。翻译官解释说，他买的这几家酱油也很好，有的比杨家酱油还好。可吉田大佐总觉得没吃到的才是最好的，遂让人守在杨家作坊附近，一旦杨家的人回来，立刻抓起来。

派去的人守了几天，没有见到一个杨家的人，却带回来一个崭新的牌匾，说是有人半夜里挂在杨家作坊门头上的。吉田大佐粗通中文，见上面写的是"抗日名酱"四个字，脸色立即变成青黑色，喊来翻译官，让查出是谁干的。

翻译官一看那字，知道是萧逸轩写的，带人闯进萧逸轩家，萧逸轩家已经人去楼空。翻译官让人烧了萧逸轩的房子。

日本投降后，萧逸轩回到应城，他来到杨家作坊门前，房子已经毁了，只剩残垣断壁。萧逸轩喟然长叹。突然，他发现残垣断壁上刻着很多小字，他走近前，看清了，上面刻的全是"抗日名酱"，字体不一，大小不同，明显不是一个人写的。久违的笑容浮上他的脸。

这时，他感到身后有人，回过头，见是杨大兴和一个年轻人。萧逸轩握住杨大兴的手说："我马上给你重写一个'抗日名酱'。"

旁边的年轻人满脸激动，说："你怎么知道我们杨队长是抗日名将？鬼子……"

杨大兴打断他的话说："我哪里是抗日名将？我就是抗日游击队的普通一兵。"

◀ 画　神

画神李海英最擅画鸟，但他画鸟的作品却极少流传下来。

李海英年轻时，周游全国，遍访名师，决心以画救国，很快成为一代名家。这时期，李海英画的多是花草，色彩鲜明，十分灿烂。国共第一次合作失败后，李海英明显颓废了，闭门不出，很少作画，偶有所作，全是画鸟，色彩沉重，且一律不画眼睛，让人说不出的压抑。人问何故，他说："世界乱，鸟不忍看。"

但李海英的名声却更大了，找他求画的人越来越多。有人托关系找熟人，李海英不画；有人出重金购买，李海英也不为所动。驻防某地的一国民党团长很喜欢李海英的画，曾经把李海英抓去关了三天，软硬兼施，也只得到一幅没有画眼睛的鸟。要让李海英给画带眼睛的鸟，几乎没人再敢奢望。

但在传说中李海英却有两次画鸟画过眼睛。

第一次是为了救人。

F城地下党的一名交通员，按照组织安排要撤到后方，同时送去一份重要情报。但这时候他却突然被特务抓了。说起来纯属巧合。那天，一个特务被暗杀了，暗杀的地点就在那交通员门口。当然不是他杀的。但他依然被作为嫌疑人之一抓了起来。

若是平时，我地下党也不会太着急，过上一段时间，查清人不是那交通员杀的，自然会放了他。但这时候不急不行，他身上的情报必须尽快送走。为了营救这名交通员，地下党派人找到李海英，请他出面帮忙。负责此事的特务头目借机敲诈，非要让李海英给他画一幅画不可，而且点名要画带眼睛的鸟，否则绝不放人。李海英无奈，只好画了一幅。画面是一枝残枝，上面立着一只鸟。因是侧面，只能看到鸟的一只眼睛。那眼睛黑亮亮地泛着光。特务头目看后大喜，立即放了人。不久，那特务头目的上峰过生日，他就拿出那画去送礼。打开画后才发现，鸟的黑眼睛不见了，只剩下一个灰色斑点。

特务头目十分愤怒，发誓要找李海英算账。害得李海英只好远赴他乡，几年后才重返Ｆ城。

很多人都说这只是一个传说。但几十年后Ｆ城另一位著名画家萧梅石却坚信这是真的。他说，让画中鸟的眼睛消失并非不可能，画鸟眼时用一种特殊的易挥发的颜料就行。

第二次却是杀人。

那是日本兵进入Ｆ城之后的事。领兵的土井雄二十分喜爱中国字画，对李海英的画更是垂涎已久，一进入Ｆ城，他就派人把李海英抓了去，叫李海英给他画鸟。李海英直直地盯着土井雄二，许久，说："拿笔来。"土井雄二立即叫人拿来纸笔。李海英斜了土井雄二一眼，说："给我研墨。"土井雄二气得大叫了一声，随即拔出了军刀。李海英又斜了土井雄二一眼，说："给我研墨。"声音不高，却透着不容辩驳的威严。土井雄二气哼哼地把军刀插入刀鞘，向旁边的日本兵使了个眼色，那日本兵立即上前准备研墨。李海英瞪了土井雄二一眼，说："你自己来。"土井雄二大骂了一句，然后无可奈何地研墨。

墨研好了，李海英拿起笔，一挥而就，画了一只威风凛凛的雄鹰。弯曲的鹰喙如一把钢刀，锋利而坚硬。只是仍没画眼睛。

土井雄二一见，大声说道："眼睛，给我画眼睛！"

李海英扫了土井雄二一眼，说道："你还要眼睛？"

"当然要！"土井雄二说。

李海英环视了一下四周，随即把目光久久地停留在窗外。许久之后，他再次拿起笔，给那只鹰画上了眼睛，两只怒目圆睁的眼睛。

土井雄二连说："好，好。"

但就在这时，就见那鹰的眼睛眨了两下，突然从画中飞出，直扑向土井雄二。土井雄二愣愣地尚未明白是怎么回事，一只眼睛已被那鹰啄瞎。

李海英随即被土井雄二杀害。

在 F 城，这个传说无人不知。但萧梅石却不相信李海英真的给土井雄二画过鹰。萧梅石说，他曾在一个资料上看过，李海英的棺材中有一支画笔，笔上沾满鲜血。萧梅石相信，那一定是土井雄二的血，李海英就是那支笔刺瞎了土井雄二的眼睛。

但 F 城的人们口口相传的却依然是那个传说。

◆ 长 脸

人们常用马脸来形容一个人的脸长，可马脸若与杜三那张脸相比，那就是小巫见大巫了。据说，杜三一出生，他爹只看一眼，立刻尖叫了一声，两眼一翻，向后倒去。后脑正撞在凳子的一个角上，立时死了。

从小就没人愿意和杜三玩。不但不和他玩，孩子们见了他，还远远躲着他，好像是他是瘟神。只有母亲疼他。

可杜三十二岁那年，母亲也死了。

十二岁的杜三还不能养活自己，就要百家饭。

但人们都讨厌他，看到他去，都慌忙关门。杜三就饥一顿饱一顿的。

饿了，杜三就偷。只偷吃的。开始是去别人菜园偷瓜果，或者去人家厨房偷剩饭剩菜，渐渐地，发展到偷人家的鸡鸭吃。

别的小偷夜间偷东西都戴上面罩，杜三不戴。开始也戴过。有一天夜里他去邻家偷鸡，鸡叫声惊动了邻家人，邻家人出来追他。他撒腿就跑，在镇上绕了一圈，回到家时，却见邻家人正在他家门口等他。

杜三奇怪，你怎么知道是我？

你那张长脸，面罩能遮住？那人鄙夷地说。

从此，杜三偷东西时再不戴面罩。

就这样，半要半偷，杜三转眼二十多岁了。地却不会种。他也不想种，任地荒着。

提起杜三，人们就摇头，简直比倪胡还可恨。

倪胡是附近山上的土匪头子，手下一二百号人，时常下山烧杀抢掠。百姓恨之入骨，烧香拜佛求官军剿了他。

真就盼来了解放军的剿匪部队。大小仗打了几次，也没能攻下倪胡的老巢。但倪胡也不敢再下山祸害百姓。

可杜三却我行我素。百姓就骂，解放军怎么不先灭了杜三。

杜三听了就笑，放心吧，倪胡灭了我照样活得好好的。

还真叫杜三说对了。躲在山上的倪胡突然带着几乎全部人马下山偷袭解放军的驻地，不料却中了计，全军覆没。打了胜仗的解放军也迅速开拔，只留下很少的人驻守。

人们都欢呼剿灭了土匪，杜三也欢呼。杜三还说，剿匪我是立了大功的。听的人都拿白眼翻他。

杜三指天发誓，真的，是解放军说的。

人们就问，你怎么立的功？

杜三其实也糊涂。他们让我穿着解放军的衣服，带着好多当兵的在山下巡逻。一天三次呢，每次都穿不一样的衣服，拿不一样的枪，还有一次是骑马呢。骑马，你们谁骑过马，还拿着枪？

杜三说着，眼斜向天向。

这就立大功了？人们索性不再理他。

但很快从驻守部队传来消息，杜三真的立了大功。部队要开庆功会，还要给杜三戴大红花。

人们就问杜三，你到底怎么立的功？杜三还是糊涂着。

还是部队的人揭开的谜团。部队和土匪一直僵持着，部队攻不上去，土匪也不敢下山，部队就想把土匪困死在山上，毕竟山上粮食有限。可偏偏接到命令，要他们抽调绝大部分兵力去支援另一支部队。必须在此之前剿灭土匪，否则，主力开拔后，倪胡攻下山，后果不堪设想。

可怎么才能诱倪胡下山？带队的徐营长无意中见到杜三后，立刻有了主意。于是就有了杜三假扮解放军巡逻的事。

倪胡一直在山上观察着山下的一举一动，之前也听到了解放军主力要开拔的消息，但他疑心是骗局，还是龟缩在山上。可解放军突然加大了巡逻的力量，倪胡就怀疑解放军主力已经开拔，这是在虚张声势。仔细一观察，每次巡逻的部队装备虽然不一样，但走在前面的都是一个长脸。这说明，解放军连巡逻的人都不够了，只换装备不换人，是同一批人在巡逻。果然是虚张声势。倪胡果断带人下了山，于是就被剿灭了。

没想到你这长脸还起了这么大作用。人们再看杜三时，眼睛里就多了点友善。杜三反而不好意思了，长脸难得红了起来。

庆功会如期召开了，可杜三却没有到场。

人们找到他时，他居然在地里种地呢。

◀ 桑叶不能吃

尚未进村，就看到一片一片的桑树，鲜嫩的桑叶在夕阳下泛着绿莹莹的光，晃得将军眯起了眼睛。恍惚中，将军觉得自己仿佛回到了家乡。

将军的家乡有着一千多年的养蚕传统，到处都是这样的桑树林。将军仿佛又看到一个个可爱的蚕宝宝正贪婪地吞食着桑叶。看来，这里也是一个养蚕的地方，将军很想找个老乡好好聊聊养蚕的事。

进了村，警卫员报告说，家家户户都锁了门，老百姓都躲起来了。

将军的失望如小石子在水面激起的涟漪，荡漾了一会儿很快就消失了。毕竟，这也在他的意料之中。

将军让警卫员传令，任何人不准进老百姓的院门，今晚就在屋檐下过夜。

警卫员传令回来，说："司务长说了，咱们的粮食不多了，得想法补充了。”

将军的眉头皱了起来，这儿不是井冈山，那里群众基础好，老百姓宁肯自己饿着肚子，也要把粮食送给红军。可这里，一看到有队伍，老百姓全跑了。都是让以往的兵害的呀。

“进村前我看到不少野菜，让战士们到地里挖野菜吧，”将军想了一下说，“晚上咱们吃野菜。”

警卫员答应一声，又去传令。

将军走到一户人家门口，背靠门坐下。屋内传来轻微的熟悉的沙沙声。将军从门缝向屋里看，昏暗的光线中，依稀可以看到，屋内摆着几个大笸箩。将军知道，那是养蚕用的，沙沙声就是蚕吃桑叶的声音。这里果然是养蚕之地。

原本是想在这里休整两天的，将军突然改了主意，让警卫员传令，明早立即出发。

警卫员答应一声，但却疑惑地望着将军。

将军说：“我们不走，老乡们就不敢回来，屋里的蚕宝宝怕是要饿死哟。”

天黑了，饭也好了，司务长亲自给将军端来了饭，说：“今天给你尝个新鲜的。”

“又挖到了什么好野菜哟？”将军笑着接过碗，夹起一片菜叶送进嘴里。菜叶有点粗糙，但却有一股清香味。分明是一种陌生的味道，可将军却觉得这味道很熟悉。

“这是什么野菜？”将军问道。

“桑叶。”司务长说。

"桑叶也能吃？"将军有些不信，家乡那么多桑树，可从没有人告诉他桑叶可以当菜吃。

"当然，"司务长说，"用开水焯一焯，再用冷水浸泡一袋烟工夫，沥干水，切成丝就可以吃了。可惜没有调料，要是再配上葱姜蒜一调，那味道就更好了。"司务长说着，闭上眼睛深吸一口气，很陶醉的样子。

将军又夹起一片菜叶，仔细品了品，的确是桑叶的味道。

突然，将军把筷子往碗上猛地一拍，怒道："我让你们去挖野菜，谁让你们摘老百姓的桑叶？"又冲警卫员吼道："立刻传令，任何人不准再摘老百姓一片桑叶。"

"就是一点桑叶嘛。"司务长感到很委屈。

"我们把桑叶都吃了，老百姓的蚕吃什么？他们可是靠蚕活命哪。"将军说。

司务低下头。

将军严肃地说："没吃的桑叶全给老百姓留下，今天吃了多少，折成钱留给老百姓。"

司务长重重点点头。

战士们都睡下了，将军点起蜡烛，认认真真地给老百姓写了一封道歉信，并且署上他的名字。那是一个后来响彻全国的名字。

第二天，部队开拔。前方，太阳刚露出半个脸，晨光把天空染得绚烂夺目。身后，桑叶发出哗哗的声音，分明是在给他们鼓掌送行。

◀ 回　家

野枣树上孤零零地挂着一颗红枣，虽然已经干瘪了，但仍让何大壮感到惊喜。他小心地摘下那颗红枣，心里叹道，红枣啊红枣，你要是再大一点多好啊。他正准备把红枣放入口中，突然发现前面荒草丛一晃，何大壮迅速举起枪，瞄准。

何大壮希望那是野兔之类的小动物。和部队走失的这几天，他天天都没吃饱过。如果能打只野兔的话，也好给自己补补力气，早一点追上大部队。

何大壮盯着那丛荒草，只见草丛中隐隐露出一个黑脑袋。何大壮端着枪，慢慢地走上前去，他看清了，那是一个十岁左右的小男孩。男孩衣着单薄，一双大眼睛死死地盯着何大壮的枪，惊恐、无奈而又充满怨望。

何大壮收起枪，摸了摸男孩的头。何大壮明显感到男孩的身子颤抖了一下，于是他尽量用和蔼口气说，小鬼，别怕，这枪是用来打鬼子的。

男孩没有反应。

何大壮蹲下来，给男孩理了理衣领，说，鬼子，懂吗？这枪是用来打鬼子的。

男孩点了点头。

何大壮又问，你怎么不说话？为什么一个人待在这山上？你的家人呢？莫非都让鬼子杀了？

男孩仍不说话，点了点头，又摇了摇头。

看来，男孩的家人都被鬼子杀了，男孩吓得居然连话也不会说了。想到这里，何大壮不由叹了一口气。他知道全家被杀的痛苦，他的全家也是被鬼子杀的，然后他才参加的八路军。这么一点大的孩子，没有了家人可怎么过呀？何大壮决定带上这个孩子。

他把那颗红枣塞进男孩口中，问，你愿意和我一起走吗？男孩盯着何大壮，不说话。何大壮看得出来，他在犹豫。

这时，一阵冷风吹过来，男孩颤抖了一下，何大壮也打了个寒战。何大壮真想把衣服脱下来给男孩，可他身上的衣服也很单薄。于是他脱下帽子，戴在男孩头上。帽子很大，何大壮抓了两把荒草，垫在帽子里，重又给男孩戴上。然后他拍拍男孩的肩膀说，小鬼，跟我走吧。

男孩犹犹豫豫地，似乎没有下定决心。何大壮拉起他的手说，走吧，男孩就跟在了何大壮的后面。

两人正默默地走着，何大壮突然看见前面不远处有一只狼。男孩也看到了，他惊恐地大叫一声。比突然遭遇狼更让何大壮吃惊的是，男孩嘴里喊的分明日本话。

何大壮迅速举起枪，对准男孩，问道，你是日本人？

男孩瞪大惊恐的眼睛望着何大壮，用生硬的中国话喊，是，我是日本人，你打死我吧，反正我爸妈已经被你们打死了。

何大壮的手抖了一下，转身朝着狼开了一枪，狼迅速地逃走了。

何大壮又一次想起被鬼子杀害的家人，一种被深埋的痛苦又一次泛上心头。可怜的孩子，何大壮在心里叹道。他收起枪，问道，你现在怎么办？

男孩的眼中渐渐燃起一股亮光，说，我想回家，叔叔，送我回家吧。

回家，回家，何大壮默默地感叹着，我什么时候才能回家呢？哪里又是我的家呢？

男孩看何大壮呆呆地站在那里，又说了一句，我想回家。

何大壮问，你爹妈不是都死了吗，你又能回哪儿呢？

男孩毫不犹豫地说，我回日本，我奶奶还在日本，你送我回日本好吗？

何大壮苦笑了一下，什么也不说，默默地向前走。男孩默默跟在他的后面。

日近黄昏，何大壮和男孩来到山脚下。一队日本兵突然出现，何大壮本能地拉着男孩趴在草丛中。日本兵渐渐近了，何大壮拍了拍男孩说，去吧，找他们去吧，他们会带你回家。

男孩跑到日本兵前，领头的日本兵一把抓住男孩，两人呜哩哇啦说了几句什么。那日本兵一把抓下男孩头上的帽子，在男孩眼前晃了晃，狠狠地摔在地上，然后抽出腰刀，朝男孩劈了下去。

何大壮大喊一声不要，快速冲了出去。

那日本兵愣了一下，抓起枪给了何大壮一枪。何大壮扑通摔倒在地上，紧接着他看到日本兵的刀落到了男孩的身上。一股鲜血从男孩的那小小的躯体里喷出，染红了西边的残阳。

倒在地上的男孩回头望着何大壮说，叔叔，我要回家！

何大壮喃喃地说道，回家，回家……

没有季节可以错过

◀ 自杀的英雄

爷爷是个英雄。爷爷死于自杀。

我喜欢听爷爷的英雄故事。有一次，一个去炸敌人碉堡的战士受伤倒在了半路上，爷爷立刻从藏身处冲了出去，连滚带爬跑到那战士身边，在比雨点还密集的弹林中把那战士背了回来。那一次，爷爷身上中了三弹。还有一次，受伤的爷爷躲在一个老乡家养伤，三个鬼子跑到那个老乡家，准备糟蹋他的女儿，爷爷瘸着腿从草垛中爬了出来，杀死了那三个鬼子。那一次，爷爷丢掉了一只胳膊。每次，听人们说起这些故事时，我都会激动得蹦起来，高声呼喊，噢，我爷爷是英雄！爷爷万岁！甚至，对爷爷失去一只胳膊并不在意。英雄嘛，总是要有所付出的。

第一次听人说爷爷是死于自杀的时候，我狂怒地跳起来，指着那人的鼻子吼道，你胡说！我爷爷是英雄，英雄是不会自杀的，英雄只会死在战场上！

跑回家，我问爸爸，爷爷是不是英雄？爷爷是不是自杀死的？

爸爸不说话。爸爸抚摸着我的头，一遍又一遍，良久，才说，孩子，记住，你爷爷是个有爱心的人。

我又问，爷爷是不是死于自杀？

爸爸没有回答。转过身，给一只受伤的小鸟上好药，包扎好，放飞了。

以后，任我怎么问，爸爸都不肯回答。但从爸爸的眼神中，我已经知道了答案。

我去问村人，爷爷为什么自杀？村人都摇摇头，不知是真不知道还是不想说。

多年以后，我无意中翻出了爷爷的遗书。我闭上眼睛，把爷爷的遗书贴在胸口上，紧紧地。我能感觉到我的胸口在不停地起伏，我的呼吸也陡然粗重起来。许久以后，我才慢慢地睁开眼，缓缓地把封遗书举到我的眼前。

这时，我才发现，遗书上到处都是泪渍，大部分字迹也因此变得十分模糊，无法辨认了。只有下面这几句话还能认出来：我不敢睁开眼睛，一睁眼就能看到他投向我的求救的目光；我也不敢拿掉塞在耳朵中的棉花，一拿掉我就能听到他撕心裂肺的哀号。我不敢相信，我就这样眼睁睁地看着我的一个同类被几只狼一块一块地撕碎，吞噬，而我却没有去施救。那一幕我永远无法面对。

我拿着爷爷的遗书问爸爸，这究竟是怎么回事？

爸爸抬起头，深沉的目光漫无边际地撒向天空，久久不愿收回。爸爸说，那次战争异常惨烈。你爷爷受了伤，被一个日本兵追着跑进了深山，两个人都迷了路。一天，你爷爷睡梦中被一阵惨叫声惊醒了。他抓起枪，爬起来，只见那个日本兵脱了衣服在一条小溪中洗澡，几只狼正在对他进行围攻。你爷爷立刻冲过去，举起枪，准备射杀那几只狼。但他犹豫了一下，最终放下了枪，眼睁睁地看那个日本兵被狼吃掉了。你爷爷在遗书中说，那时，他只有几颗子弹了，他怕开枪的结果是他被狼吃掉。他不想死，更不想为救一个敌人而搭上自己的性命。

那爷爷又为什么自杀呢？我问。

爸爸的目光变得忧伤起来，说，你爷爷是个把爱心看得很重的人，战争却让他变得冷漠而又自私，他说他无法面对这一点，他已经没有勇气活下去了。

◀ 老温面条

老温面条的老板当然是老温，老温做面，儿子帮着打下手。

老温做面特别讲究。和面，开始很硬，老温用足力气轧搓推揉，把很硬的面揉得很软，老温说这叫和硬揉软。面和好后，老温就用力擀，面片擀得很薄，然后细细地切，切得又细又匀。面讲究，卤汁就更讲究。老温把五花三层的肥瘦肉切成大小一致的小块，每天早晨五点，把切好的肉块放在大砂锅里，加适量水，文火细炖，炖上六个小时，再放入佐料，待肉烂汤浓，开始营业。每碗面条配两勺卤汁，卤汁放在碗底，上盛面条，用筷子一挑，油花四溅，香气扑鼻，不淡不腻，味美可口。

老温每天中午十二点准时营业，一天五十碗，决不多卖。买面的人十点多钟就开始排队，晚了就买不到，不少人常常遗憾而归。有人劝老温，生意这么好，怎么不多卖几碗？老温说，没办法，我精力有限，只能做这么多。多了，活就不细。

老温卖面有个原则，不管你是什么人，也不管你地位有多高，要吃面，只能上门来买，吃完再走。老温从不上门送货，也不让人带走再吃。老温说，面在汤里泡时间长了，味就变了。

这一年，来了日本鬼子，在山田队长的带领下，烧杀抢掠，无恶不作。

山田听说老温面条后，派两个日本兵叫老温给他送面。老温冷冷地看了看两个日本兵，说，对不起，你们回去对山田队长说，要吃老温面条，明天叫他自己来。两个日本兵把刀架在老温脖子上，老温面不改色，说，想吃老温面条，就得守老温的规矩。

第二天，山田带一队日本兵来了。山田在中间一张桌子旁坐下，冲老温道，一碗面条。

老温就盛了一碗面条。山田往老温面前一推，说，你吃。

老温拿起筷子就吃。

山田看老温吃完，说，再来一碗。老温就又盛一碗。山田一指小温，冲老温说，叫他吃。

老温用十分复杂的眼光看了小温一眼，说，吃。小温就吃。小温吃了一口面，疑惑地看了老温一眼，老温回望了小温一眼，说，吃吧。

山田看小温吃完，叫老温又盛了一碗。山田就很愉快地吃面。面条快要吃完的时候，他忽然发现小温在发抖，再看老温，嘴角竟流出了血。山田惊恐地望着老温说，你，你——

老温露出一抹惬意的笑容，身体抖了抖，摔倒了。

山田叽里咕噜一通乱喊，日本兵就把老温父子剁成了肉酱，并且一把火烧掉了老温面条铺。

第二天，全城所有的面条铺都挂出一个醒目的招牌：老温面条。

日本人十分恼火，砸了不少面条铺，也杀了不少人，但"老温面条"的招牌却越挂越多，最后家家户户都挂起"老温面条"的招牌。

日本兵最终被赶了出去。但"老温面条"的招牌却一直挂到了今天。

没有季节可以错过

◀ 母亲的风扇

　　十岁那年，他的眼睛突然失明了。他的理想、他的未来、他的一切都变成一片恐怖的黑暗。他整天呆呆地坐在狭小的屋子里，什么话也不说，偶尔一张口，就是冲母亲吼。

　　那一段时间，母亲哪儿也不去，就在家里陪着他，和他说话。都是母亲一个人在说，他连听都懒得听。无边的黑暗让他的心情特别烦躁。越烦躁就越热，汗水就不知不觉地湿透了衣背，他浑身上下就更加难受。

　　母亲还在喋喋不休地劝说，要陪他出去走一走。母亲说："你想要什么尽管说，我会尽最大能力满足你的，只求你出去走一走，别这样憋坏了自己。"

　　出去？我一个瞎子出去让人笑话呀？这样想着，他愈加烦躁，浑身像着了火一样热，于是对母亲吼道："我想要台风扇，你能买得起吗？"

　　吼完，他立刻有些后悔，他知道，母亲没有钱给他买哪怕最便宜的风扇。失明前，他就一直渴望有一台自己的风扇。他曾经向母亲央求过，母亲狠狠地训斥了他一顿，母亲说："你爸爸死前住院的钱还没还清，我一天收破烂能挣几个钱，哪有钱给你买风扇？"

母亲沉默了好一会儿，说："孩子，妈一定给你一台风扇。"

第二天，母亲对他说："妈今天不在家陪你了，我得出去挣钱，相信我，我很快就会给你一台风扇。"

那天，母亲回来得很早，然后就在院子里叮叮当当地敲打着什么，可能是在摆弄她收的破烂吧。

以后几天也是这样。

有一天，母亲对他说："孩子，咱们有风扇了。"

他有些激动，想摸一摸风扇。母亲说这是一台旧台扇，危险，没有同意。

母亲让他坐好，然后就打开了风扇，风扇吱吱呀呀地响起来。清凉的风就吹起来，不过风并不大。他说："风怎么这样小呀？"

母亲就带着歉意说："是台旧风扇嘛，我再给你开大点。"风扇的吱呀声更大了，风也略略大了些。

他说："妈，你也来扇一下吧。"

母亲说："你扇吧，我不热。"

随着时间的推移，他的心情渐渐地平静了些。母亲和他说话，他不再不理不睬了，也很少再吼母亲了。有几次，在母亲的带领下，他也出去走了走。

那年夏天高温不停，他一嫌热就喊母亲给他开风扇。他扇着风扇，母亲就坐在对面和他说话。有几次他要自己学着开风扇，母亲不让，母亲说："这是一台旧风扇，漏电，危险。"

没有风扇晚上他睡不着，母亲就让他先睡，等他睡着了再关风扇。有一次，他说："妈，为了省两个电费，你一直守到我睡着了再关风扇，值得吗？你就让风扇吹一夜能花多少钱？"

母亲笑笑说："能省一个是一个吧。"

一天夜里，在母亲响亮的呼噜声中他醒了，他的手无意中压在母亲的胳膊上，他感觉母亲战栗了一下，但母亲没有醒，翻了个身又睡了。他轻轻地摸了摸母亲的胳膊，母亲的胳膊比以前粗了许多。

在母亲的照料下，他渐渐走出了失明的阴影，对生活重又有了憧憬。

有一天，母亲又去收破烂去了，他以前的一个同学来看他。他说："天热，你自己开风扇扇一下吧。"

"风扇？在哪儿呢？"同学问。

他用手指向风扇的位置。

同学研究了半天，告诉他，那不是电风扇，是一个用木头做的像风车一样的东西，人在后面摇，那"风扇"才能转。

他走上前，用手仔仔细细摸着那台"风扇"，眼泪无声地滚落下来。

◀ 深夜买龟

那天，因为加班，我直到深夜才回家。

我住的是旧楼，楼梯间的灯早坏了，却没有人修，我只好小心地摸黑上楼。摸到我家门口，我正准备开门，却见门口突然站起一个黑影，吓得我大叫一声，差点从楼梯上摔下去。

只听黑影说："是徐兄弟吧，别怕，我是李素英。"

我抚了抚胸口，喘了两口粗气，说："哦，是你呀。"

"嗯，我等你很久了，你总算回来了。"她说。

等我？半夜三更，一个三十多岁的年轻寡妇，居然会守在我门口，等我这样一个单身男人，能有什么事呢？

我打开门，点亮灯。灯光下的李素英显得很几分风韵，只是我发现，她的头上明显有几根白发。她才三十多岁，头发居然就熬白了。这也难怪，丈夫去世得早，她又没有稳定的工作，儿子又是弱智，让她操碎了心。

"我不知道你的电话，只好在门口等你，把你吓坏了吧，真对不起。"李素英一进门就道歉，然后又说，"听说你养了很多乌龟，我想买一只。"

就为这事？我以为听错了，但还是把我的乌龟全端到她面前，说："喜欢就拿去，什么钱不钱的。"

她的脸上先是惊喜，但很快就失望了，问："没有小点的吗？"我说没有，她的脸上立刻现出绝望的神情，喃喃道："这可怎么办呀？"

看着她的样子，我有些不忍，就说："我知道有个卖乌龟的住哪儿，只是这么晚了……"

没等我说完，她一把抓住我的手说："快带我去找他，我求求你了。"

我们很快找到那个卖乌龟的家，敲了半天门，他才懒懒地开了门，听说是来买乌龟的，原来很难看的脸上才有了一些笑意。

李素英忽然从身上掏出一只小乌龟，头耷拉着，显然是死的。她挑了半天，又反复和手中的那只死乌龟进行比较，最终选中一只，问："这只多少钱？"

卖乌龟的一愣，说："只要一只？"李素英点了点头。他的脸色立刻变得像那只乌龟的壳，又青又黑。他不再看李素英，冷冷地甩出两个字："不卖！"

李素英差点就哭了，哀求道："求求你卖给我吧，多少钱都行。"

"为什么呀？"他问。

李素英说，她那个智力不好的儿子，因什么也做不好，人变得非常自卑。为了培养他的自信，李素英就让他养乌龟。可没想到，这只小乌龟却突然死了。她必须在天亮前买一只一模一样的乌龟来替换这只死乌龟。她不能让儿子认为他连一只乌龟也养不活，因而彻底失去生活的信心。

我看见卖乌龟的擦了擦眼角，对李素英说："这只乌龟送你了。你记下我的电话，再遇到这种情况，给我打个电话，我会立刻给你送过去。"

◀ 父 亲

晚上和朋友喝酒，回去很晚。我住的是一座十二层的楼房，在刷卡等待电梯时，忽听到步行楼梯间有咚咚的脚步声。声音急促，分明是有人从楼上跑下来。可能是低层的住户等不及电梯吧。我这样猜测。

那人跑出步行楼梯时，我特意看了一下，是一个胸前挂着望远镜的陌生男人。这年头，对门邻居互不认识实在平常。但我们这幢楼是拆迁还原楼，不少人以前就认识；即使不认识的，多数也在电梯间碰到过。但我确信，那男人我是第一次见到。

进了电梯，我才后知后觉地想到他该不是坏人吧？大晚上的，他拿着望远镜干什么呢？小偷？小偷用望远镜干什么？或者他负责放哨？我随即嘲笑自己谍战剧看多了。

接下来几天，我留意着楼上是不是有谁家出了什么事，但没有。好像什么事都没有发生。

大约过了一个月，我又因应酬回家比较晚。等电梯时，步行楼梯里又传来急促的脚步声。还是那个男人，这一次我看出他四十多岁，胸前依然挂着望远镜。我想问问他在干什么，可他已经跑了出去。我追出去，恰好赶上附近的一中晚自习放学，很多学生和接孩子的家长从楼前经过，他被淹没在人流中了。

我像上次一样留意谁家是不是出了什么事，结果仍然一样。这让我对那个男人越发好奇起来。

第三次见到他还是在晚上。我又一次很晚才回去，又一次在等电梯时听到咚咚的脚步声。我决定守在步行楼梯口问问他到底在干什么。

我疑心是我的突然出现惊吓到了他，他竟一脚踩空，从楼梯上摔了下来，摔在我面前。他痛苦地呻吟着，我听了浑身哆嗦了一下。我试着扶他起来，他的额头因为疼痛冒出了汗水，站不起来。

我说我送你上医院吧。他说了声谢谢，随即又说，等五分钟再去。难道他不疼？可他脸上的汗水越冒越多。

我没有等，用手机叫了一辆"滴滴"。十分钟后车才到，我和司机扶他上车，送他去附近的医院。

路上，他给妻子打了个电话，简单说了一下他的情况，叮嘱妻子等女儿睡着了再去医院看他。

我忍不住问他，你拿个望远镜跑我们楼上干什么？

他问我，你有孩子吧，孩子上学你们接送吗？

这还用说？我只有一个女儿，每天上学都要接送，风雨无阻。我如实回答了他。

他说，我以前也是，可自从女儿上了高中，她就再也不要我们接送了。晚自习也不让接。可她是女孩，我们哪儿放心呢。只好偷偷接她。又不敢让她发现，那样她会生气的。你住的楼位置非常好，站在楼上正好可以看到她放学。为了看得清楚，我只好拿着望远镜。当她快走到你家楼时，我就匆忙下楼，再跑到前面的拐角处看着她。我要在她进家前先回到家，装作没有去接她的样子。两年多了，天天如此。今天，都怪我不小心。

他还没说完，我的眼泪就不争气地流了下来。

◀ 母亲走失

中午下班回到家，母亲不在家里。打她的手机，手机在家里。我意识到了不妙。

这两年，母亲常常犯迷糊。走在街上突然就不认识路了，总是要问几个人才能到家。有时需要我们去接。这就很麻烦，因为母亲迷失方向后，周围的一切她都会很陌生，而她又不识字，说不清她在什么位置。这时候，就要她把电话给陌生人，让陌生人告诉我们她的位置。可今天她连手机也没有带。

妻子也已到家，又等了半小时，母亲还是没有回来。我们决定分头去寻找。

出了小区，看到一个卖小吃的，我向他打听。我一边比画着母亲的个头，一边说，七八十岁，这么高，上身穿……

我说不下去了。我突然意识到我记不清母亲穿什么衣服，是紫红色的棉袄，还是蓝灰色的棉袄？我给她买过好几个棉袄，但她每天穿的哪一件，我似乎从没在意过。她的裤子应该是黑色的，印象中这几年她穿的裤子都是黑色的。她的帽子我倒是记得，紫红色的绒线帽，是我和妻子给她买的，但这几天比较暖，她还有没有戴我没印象了。我努力回想早上吃饭时她的穿戴，却怎么也想不起来了。

没有她的照片吗？卖小吃的问。

我拍了一下自己的脑袋，怎么没想到拿一张母亲的照片？

我一边往家赶，一边想，母亲的照片应该放在什么地方。这让我突然意识到另一个问题，母亲照过相吗？我在记忆深处苦苦搜索，可始终想不起来。我心里开始发毛。但很快我就镇定了，母亲身份证上有照片。

回到家我就开始翻找母亲的身份证。我找遍了可能放身份证的所有地方，都没有找到。却找到一顶帽子，灰色的羊绒帽。我一下子糊涂起来，我印象中给她买的帽子是紫红色的，怎么会有一顶灰色的？是我一直记错了，还是之前她戴过灰色的帽子？打电话问妻子，妻子说她只记得给母亲买过帽子，至于什么样子的实在没印象了。

我又问妻子知不知道母亲有什么照片？妻子想了好一会儿说，去年我们全家去看花展，你不是给妈拍了几张照片吗？是的，我确实拍过。我翻开手机查找，花展的照片倒是找到了，却没有母亲的。于是想起来了，有一段时间，我的手机比较卡，我清理手机内存，很多视频、照片被清理了，母亲的照片就是那时删除了。

懊悔的同时我也心存了一丝希望，因为我想起当时我发过微信朋友圈。我一点点翻看，终于找到了当时发的朋友圈，我发了还不止一条。但照片多数是女儿的，也有我和妻子的，甚至还有一些纯风景的。但没有母亲的。

我确信我找不到母亲的照片了。只好向家人求助。我们姐弟四人，现在是一个很大的家庭。有一个叫徐家大院的微信群。我在群里发了消息，问谁有母亲的照片。我没敢说母亲走丢的事，我怕她们埋怨我没有照顾好母亲。很快大家都回复说没有。大姐还问了一句，你找妈的照片干什么？我说没事，我下载了一个软件，可以从现在的照片测算小时候的模样，我想知道妈年轻时长什么样。大姐"哦"了一声没再说话；几个晚辈争着要我把软件链接发给他们，他们要拿电脑测算结果和小时候的照片比照一下，看看电脑测算得准不准？

没有照片我也得上街去找母亲。我猜测着母亲可能去的地方，逐个去找，都没有找到。我瘫坐在一个菜市场门口，犹豫着要不要在"徐家大院"说母亲走失的事。

这时，我的手机响了，是母亲的，她已经到家了。我立刻跑回家，问母亲去了哪里。果然如我想的一样，母亲又犯迷糊了，这次她甚至忘记了我们小区的名字。我问，你是怎么回来的？母亲掏出一张照片，说，有个人从我身上翻到这张照片，就把我送回来了。他说他认识你。

那张照片是我和女儿的合影。

◀ 让你站起来

一个老人摔倒了，在一万米的赛场上。

王安平立刻跑过去。作为组织者，他最害怕出现这种事情，老年人的骨头脆，不经意的一跤，对他们可能都是致命的。

摔倒的是 23 号，这让王安平更加担心。他们举办老年人万米赛跑活动已经很多年了，每年都会有很多新面孔参加，这让王安平既高兴又担心。高兴的是越来越多的老人参与万米赛跑，这是他们希望的；担心的是生面孔的身体状况他们不了解，万一出点状况怎么办？

这个 23 号就是个生面孔，而且还是一个坚持穿长裤参加比赛的生面孔。但愿他没什么事，王安平一边跑一边为他祈祷。

23 号已经站起来了，一个年轻人正举着手机瞄着他，可能是在拍视频吧。王安平悬着的心放了下来，脚步也慢了下来。

23 号又继续向前跑，一瘸一拐的。他的右腿好像受了伤。但愿他只是受点硬伤，那样当时虽然很疼，但很快就会没事的。王安平这样宽慰自己。

23 号继续向前跑，速度明显降了下来，腿瘸得更厉害了。真是怕什么来什么，王安平跑到 23 号身边，问，能坚持吗，不行咱就退赛吧。

能。23 号回答得很干脆，满头银发倔强地挺向天空。但他脸上的肌肉扭曲着，分明在说他很痛苦。

还有三圈呢，王安平觉得他不可能坚持下去，又一次劝说，您还是退赛吧。

受伤的是右腿，我不会退赛的。23 号说。

难道左腿受伤你就退赛？王安平脱口而出。

我的左腿不会受伤。23 号说，并不回头看王安平一眼，继续向前跑。但他的脚步已经开始踉跄了。

一个参赛的老人跑过来，伸手搀住 23 号。23 号把他的手推开，说，谢谢，我能行。

又一个老人跑过来，也想扶 23 号一把，23 号又一次拒绝了。

23 号已经不能跑了，走也走得很艰难。两个老人一左一右跟在他身边。

举手机的年轻人依然跟在他们身后。

王安平又一次走上前，这一次他带来了医生。您还是退赛吧，抓紧把腿上的伤处理一下。王安平说。

不，我没事。23 号依然坚持。

你们？王安平又问跟在 23 号身边的两位老人。

我们跟着他，他们说。

王安平向他们投去敬佩的目光。

其他选手都已完成了比赛，空旷的跑道上只剩下三个老人。23 号几乎是一步一挪走向终点。

离终点只有十几米了，23 号突然又跑了起来。这哪里是跑，他分明是用一条腿跳着完成了比赛。

很多人围拢过来，关切地问 23 号怎么样了。他微笑着向大家道谢。

医生也跑了过来，拉起 23 号的裤腿，他的膝盖肿得像膨胀的气球。众人一阵叹息。医生赶紧给他敷药，包扎。

伤成这样，您为什么非要坚持到现在？王安平半是不解，半是埋怨道。

23 号没有说话，只是缓缓地把左裤腿也拉了起来。

里面居然是一个假肢。

他凭着一副假肢完成了比赛。

这又何必呢？王安平在心里感叹。

这时，一直举着手机的年轻人把手机递给 23 号，23 号拿起手机，深情地看着屏幕说，老伴呀，你看到了吧，我真的跑完了一万米。你还有什么可怕的？

王安平看到，手机里，一个躺在轮椅上的老婆婆正关切地看着 23 号。

王安平立刻认出了她，她是一名长跑爱好者，多次参加过他们举办的老年人万米赛跑。可惜，两年前她和老伴出了车祸。

23 号对大家说，双腿截肢对她打击太大了，她甚至连安假肢的勇气都没有，我希望用这种方法能让她站起来。

◀ 无微不至

老徐看了看时间，说，不好意思，这一圈打不完了，我得走了，儿子快到了。

几个麻友心有不甘，但知道挽留没用，只好无奈地起身。老祁哑巴着嘴说，你儿子真孝顺，三天两头来看你。我儿子可好，不到过年不回来。

老徐想说，回来多了也麻烦，但终于没说，怕反惹得老祁不高兴。雷打不动的，儿子一个星期来看他两次，麻友们都嫉妒呢，不能让他们说自己得便宜卖乖。

老祁又问，儿子还给你做饭？

老徐点点头。儿子对他的饮食特别在意，给他精心挑选了几家送外卖的，它们共同的特点是营养、卫生。他若不想自己做，就叫外卖，钱从儿子的手机直接支付。但儿子不建议他经常吃外卖，每次来总会给他做饭。儿子做的饭好吃着呢。老徐知道儿子忙，有两次做好了饭等儿子，儿子生气了，说，我来就是给你做饭的，反倒让你伺候我？

回家路上，老徐给老杜打了电话。老杜是儿子介绍给他认识的，喜欢打门球。儿子不喜欢老徐打麻将，说那样对身体不好，他应该过一种健康的生活。儿子让他跟着老杜打门球。打门球多好，既高雅又锻炼身体，儿子说。打门球老徐也喜欢，但他更喜欢打麻将。老徐问了老杜今天都是哪些人去打门球，战况怎么样，他穿了什么衣服。老徐不想让儿子知道他打的是麻将而不是门球。

儿子也鼓励他去跳广场舞。老徐知道，儿子并不喜欢广场舞，儿子只是想让他多接触一些老太太。儿子希望他找个后老伴。儿子第一次托人给他介绍老伴时，老徐很吃惊，也很欣慰。别人家的孩子能不反对父母再婚就不错了。他开始也见过几个，总觉得不如和故去的妻子谈得来，都没成。后来就不再见了。儿子到处托人帮他找后老伴，别人还以为是他太想女人了，背后对他指指点点的，让他受不了。好容易不让儿子给他介绍老伴了，儿子却又想出让他去跳广场舞的点子来。

回到家，儿子还没到。茶几上放着一本杂志（儿子给他订的），打开的页面上是一篇介绍猫屎咖啡的文章。老徐赶紧把它收起来。上一次，他从街上带回一张介绍某地旅游景点的广告纸，顺手放在茶几上，儿子看见了，以为他想去旅游了，请假陪他去了那个地方。他反复解释其实并不想去，但儿子却认为他只不想给儿子添麻烦。这次，他不想再让儿子误会他想喝咖啡。更何况是猫屎咖啡，听着都让他膈应。

儿子到了，把带来的补品放在茶几上，就进了厨房。老徐从

没有季节可以错过

儿子的眼神中看出了他的疲惫，也走进厨房去帮忙，儿子把他推出来，让他在沙发上休息。他坐在那里，心里好生不安。

吃饭的时候，儿子说，明天我带你去医院复查一下吧。老徐忙说，不用，我全好了。儿子说，我都请好假了。他站起来，拍拍肚子，又跳了两下，说，你看，我真的全好了。儿子拉他坐下，说，爸，必须去复查，你健健康康的就是对我最大的疼爱。儿子殷切期待的目光中有一种不容拒绝的坚定。老徐低下头不再说什么，他很后悔上次说漏了嘴。

老徐这一辈子几乎没进过医院。他很少生病，偶尔生点病，对谁都不说，熬，居然都给熬好了。三十多岁时，有一段时间，他的左胸部莫名疼起来，厉害时不能抬胳膊，一抬就疼；睡床上翻身也得慢慢翻。熬了一个多月，病就好了。快五十岁时，头皮下有个地方一碰就疼，开始只有芝麻粒那么大，后来发展到黄豆大小。他还是没去医院，只是梳头时注意不去碰它。熬了三年也熬好了。那次，他胃疼，儿子做饭时，他说别放辣椒。儿子于是知道了他的病，逼着他去了医院，居然住了十天院！儿子在医院整整看十天。

那十天啊！儿子原来很有希望晋升的一个职位被别人抢走了。

儿子走后，他开始收拾自己的东西。今天晚上，他就搬到他租的房子去住了，儿子再也找不到他了。

临走时，他给儿子留个字条：儿子，我搬出去住了，千万别找我，否则，我可能永远不回来了。

◀ 你不知道的爱

老人正在发呆，一个年轻人在他面前的椅子上坐下来，一只脚伸向他说："老伯，给我擦擦鞋。"

老人抬起头，就看见一张可爱的脸。他的身子一晃，险些摔倒。坐在椅子上的年轻人感觉到了他的异样，问："老伯你怎么了？"

老人慌忙说："没事，没事。"说着，不敢再看年轻人的脸，低下头捧起年轻人的脚。他仔细端详着手中的鞋，就像在端详年轻人的脸。

这就是他的儿了呀。老人真想抬起头，好好看一下儿子的脸。但老人没有，他不能让儿子看出什么，他不想打扰儿子平静的生活。

十八年前，因为生计的原因，他被迫不要这个儿子，把他放在一户他精心挑选的人家门口。后来，他的生活略微好转了些，他决定要回他的儿子。那是他的儿子呀。可是他找不到儿子了，那户人家早搬家了。他和妻子四处流浪，到处寻找他们的儿子。

终于让他们找到了。那时，儿子正在一所省重点学校读高中。那一刻，他们真想立刻要回儿子，无论付出什么样的代价他们都愿意。可是没有。儿子优越的生活是他们给不了的，儿子良好的教育环境更是他们给不了的。他们终于没有认儿子，他们不能让儿子和他们一起受罪。

现在，儿子就坐在他面前。老人捧起儿子的脚，就像十八年前他捧起儿子小小的身体。他感到自己的手微微颤抖。

"快点，我还有事呢。"年轻人说。

老人应了一声，开始擦鞋。

年轻人突然问："你以前在 F 城吗？我好像在我们小区见过你。"

是的，找到儿子后，他和妻子就在儿子住的小区卖烤红薯。这样，他们就能偷偷看一眼儿子。儿子上晚自习，很晚才放学。但不管多晚，他们总要看到儿子回家才收生意。有一次，不知什么原因，一直到夜里十二点还没有见到儿子身影。他急了，让妻子守在那里，自己去儿子楼下转了好几圈，然后又往儿子的学校跑了两趟，每一个可能出事的地方他都找遍了。那一夜，他和妻子一分钟也没有睡。直到第二天又见到儿子的身影，他们始终悬着的心才放下来。

年轻人又问："那你怎么又离开 F 城，到我们学校门口来擦鞋了？"

老人在心里默默叹道，还不是为了你呀。儿子来上大学，他和妻子就跟了过来。这里的人们不喜欢吃烤红薯，他们只好学着擦鞋。他们也得生活呀。

鞋擦好了。年轻人问："多少钱？"

"不要钱。"他脱口而出。

"那怎么行？"年轻人说。

他犹豫了一下，说："那就给两块钱吧。"

年轻人说声"谢谢"，付了两元钱，走了。

老人立刻给妻子打电话："刚才儿子来让我擦鞋了。"

"真的？真的？"妻子高声喊道，随即又充满遗憾地说，"你说我今天怎么就生病了呢，要不然我也能给儿子擦鞋了。"

他忙安慰妻子说："以后还有机会的，我看得出来，儿子很满意我给他擦的鞋，他一定还会找我擦鞋的。到时候咱们俩一人给儿子擦一只鞋。"

年轻人果然又来找他擦鞋了。

擦鞋的时候，年轻人的电话响了。年轻人接通电话，说："妈，我说过了，你永远都是我亲妈。我不会去找我亲生父母的，十八年前他们不要我也许有他们苦衷。可这十八年他们却从来没来找过我，这说明他们根本不爱我，所以无论怎样我都不会认他们的。"

◀ 泪流满面

"停，停。"刘主任又一次叫了停，对李秋萍抱怨道，"你怎么没有眼泪？你应该泪流满面，满脸感激之色。"

"可我就是没有眼泪怎么办？"李秋萍无奈地说。

说实话，李秋萍对唐总真的充满感激，她也很想流出满脸的泪水来表达对唐总的感激之情，可不知为什么，她就是没有眼泪。也许丈夫死的时候，她就把所有眼泪都流干了，以后她再也没有流过一滴眼泪。丈夫死后，她一个人带着孩子，再苦再难她都挺着，从不让自己哭。前几年她下岗了，只能靠给别人打短工度日，日子更加困难，但她也没哭过一声。儿子考上了大学，可她上哪儿去弄那一笔学费呢？李秋萍的头发都愁白了。正作难时，刘主任找上门来，说他们公司的唐总听说她的情况后，愿意无偿捐给她家一万元，资助孩子上学。

现在，电视台正在拍摄唐总的企业搞的捐赠仪式。李秋萍真的想配合唐总把电视拍好，谁知，她老是出错。第一次，她因为紧张，把刘主任给她写的台词背错了一句。第二次台词倒是没背错，可她始终低着头，电视画面拍不到她的脸。这一次，又因为她没有流泪。

可李秋萍真的流不出泪来。李秋萍看到唐总本来灿若春风的脸上已经隐隐蒙上了一层秋霜，李秋萍脸上就冒出汗来。好在刘主任经验丰富，请了个人对李秋萍进行流泪训练。可训练了半天，李秋萍还是流不出一滴眼泪。

"用洋葱熏吧。"刘主任说。虽然效果也不好，可李秋萍毕竟被熏得流出两行眼泪。

李秋萍就有了如释重负的感觉，心想总算可以过关了。没想到刘主任又叫了停，指着刚拍的画面对李秋萍说："你说你是怎么回事？唐总没和你握手的时候你脸上有泪水，到唐总和你握手时你脸上的泪水又没有了，而且脸上表情麻木，像呆子一样，这样拍还有什么意义？"

李秋萍再看唐总，唐总的脸上已结了冰。

"你就不能用点心吗？你看你快把我们的唐总累坏了。"刘主任盯着李秋萍说，"这次要认真了，拍不出效果你就拿不到钱。"

李秋萍呆呆地望着刘主任，没有动。

"别愣着了，快准备吧，听清楚没有，拍不好就不给你钱。"刘主任白了李秋萍一眼说。

"对不起，这钱我不要了。"李秋萍说完，擦了一把脸上的泪痕，昂首挺胸走了，把唐总和刘主任等人扔在那里，呆呆地发愣。

李秋萍的儿子没能上大学，大家都说李秋萍太傻，这样的好事上哪儿找呀，配合一下不就行了吗？人穷的连饭都吃不上了，还装什么骨气，真是傻帽。

儿子也埋怨："你的眼泪真的就那么高贵，为了你儿子也不能流一滴？"

李秋萍像看着陌生人一样看着儿子，她感觉她的心在流血。

不久后的一天，李秋萍收到一封信，是一个大学生写来的。大学生说他是从别人口中辗转听到李秋萍的故事的，信中说："你在那么困难的情况下仍然能放弃那一万元，选择有尊严地活着，你让我感到崇敬。"

李秋萍读着读着，竟然泪流满面。

◀ 出人意料的结尾

几个文友在一起小聚，徐文友说："我说一个我朋友的事，真事。"

徐文友又说："结尾我当时没猜到。"

大家笑了："那应该是编的，真事结尾都好猜。"

徐文友没有反驳，讲起了下面的故事。

老王前不久离了婚，心情十分郁闷，母亲听说后就到他家照顾他。可老王只想好好安静一下，独自舔舐一下伤口，母亲的到来让他很不高兴；特别是母亲爱唠叨，更让他烦。终于有一天，他忍不住狠狠吵了母亲一顿，母亲眼泪汪汪地走了。

老王决定去散散心。在一处稻田里，他捡到了一只田螺。老王一瞬间想起小时候看过的民间故事《田螺姑娘》，说有个小伙子捡到一只田螺，把它养在水缸里，从此，小伙子每天去干活，家里都有人帮他做好饭菜。小伙子有一次提前回家，见是田螺变的姑娘在帮他，二人就结了婚，过上幸福的日子。老王决定把那个田螺带回家。

老王并不期待他那个田螺里也有个田螺姑娘，毕竟那只是个故事，而他生活在现实中。但既然捡到了，偏偏他又看过这个故事，他觉得这就是缘。可惜他家里没有缸，只好养在盆里。

老王是个很懒散的人，自从离婚后，每天被子也不叠，衣服胡乱堆，家里乱糟糟的，一日三餐多是买着吃。但他对田螺却很上心，从网上查阅田螺养殖方法，每天察看田螺生长情况。内心里，老王把对妻子的爱转投到田螺身上了。

这样过了几日，有一天，老王下班回家，发现屋子被人收拾干净了。他的衣服、被子都叠得整整齐齐。老王仔细察看，门窗都好好的，家里什么也没丢。怪了，他的钥匙又没丢过，谁能进他屋里呢？而且仅仅是来帮他做好事。

老王又想起《田螺姑娘》，一瞬间竟恍惚了，莫非真有田螺姑娘？可是故事里的田螺姑娘是给男主人公做饭，可他这个只收拾屋子，并没给他做饭。

这种事情又发生两次，老王愈发觉得蹊跷，决定和故事中的主人公一样，提前回家看看。有一天，老王请了个假，提前回到了家。

徐文友讲到这里，停了下来，说："你们猜老王看到了什么？"

"肯定是田螺姑娘。"张文友说，"小伙子把田螺养在缸里，田螺就给他做饭，老王把它养在盆里，田螺只给他收拾屋子。"

李文友说："如果这样，根本不出人意料，我写小说也不会这样结尾的。"

徐文友再次强调，这不是小说，是真事。

张文友说："你也是听朋友说的，怎能确定是真事？就算亲眼见的，也不一定真的？你看网上那些所谓有图有真相的，又有几个是真的？"

赵文友说："应该是一个有洁癖的小偷，看到老王屋子乱，就先替他收拾，刚收拾好，老王就回来了，小偷只好先离开了。"

这话引来一阵附和。徐文友说："一次还能理解，可几次呢？"

赵文友说："每次都是刚收拾好老王就回来了，无巧不成书嘛。"

钱文友说："难道这只是老王做的一个梦……"

话没说完就被大家打断了："写成做梦故事就不吸引人了。"

孙文友说："还记得《苏菲的故事》吗？苏菲经过一番探寻，发现自己并不是真实的人物，是别人故事中的人物，而她最终改变了故事中人物的命运。所以我想，这个故事会不会反其道而行之，是老王因为总想着田螺姑娘的故事，因而走进了故事中，成为《田螺姑娘》中的一个人物？"

这话引来一阵掌声。但徐文友否定了这个答案。

周文友说："也有另一种可能，老王把对妻子的爱转移到田螺身上，田螺把这种爱传递给他妻子，妻子感动了，来给他收拾房间。"

大家又猜了很多答案，都不对，于是问徐文友答案到底是什么？徐文友说："是老王的母亲。"

大家都恍然大悟似的"哦"一声，随后又觉得这个结尾不好，太不出人意料了。

徐文友说："可你们全没猜出来呀。"

大家说："你故事开始已提到了老王的母亲，正常情况下读者都会往这方面想，读者能想到的结尾当然不是好结尾，所以我们才不会往这个方向去想。"

然后，大家又开始讨论怎么给这个故事结尾，才能让它成为一个好作品，虽然他们都不是好作家。

◀ 最后的鱼宴

早晨一起床，母亲就说她去买菜。母亲好久没去买菜了，最近连屋门都很少出了。我愣了两秒钟，才想起来拦住她，说："马上我去。"

母亲说："你买不好，我得自己去。"

我再次拦住母亲，说："你想吃什么和我说，我去给你买，你身体不好，不要自己去了。"

母亲很坚决地说："我得自己去。你爸说他想吃鱼了，我这就给他买去，中午做给他吃。"

我愣愣地看母亲，不知说什么好。

我知道母亲的脾气，她要自己去，我不敢拦着她，只好偷偷地跟在她身后。又不敢跟得太近，只能远远地看着她。

母亲步履蹒跚着走到菜市场，那儿卖各式各样的鱼。母亲这家挑挑，那家挑挑，挑得很仔细。最终母亲挑了一条约一斤重的鲤鱼，那是父亲最爱吃的一种鱼。我躲在一边，看母亲让人称了鱼，付了钱，一切都很正常。卖鱼人对母亲说："大娘，要不要帮你把鱼杀了？"

母亲摇摇头，说："不用了，你杀不好，我得自己来。"

母亲要回家了，我慌忙在她前面赶回家去。妻已做好了早饭，母亲到家时，儿子已吃过饭上学去了。我喊母亲吃饭，母亲说："不吃了，得赶紧做鱼呢。"

母亲把鱼放在盆里，兑上半盆水，然后找出那把许久不用的专门洗鱼的刷子。我知道母亲为什么不让别人帮她杀鱼了，母亲要做父亲喜欢吃的鱼宴，她怕别人洗不净鱼，尤其是鱼鳞。我一边吃饭一边看着母亲洗鱼。她用刷子一遍一遍地刷着，刷得很仔细，仿佛她不是在洗一条鱼，而是打磨一件精美的工艺品。

吃完饭，刷好锅，妻上班去了。母亲还在一点一点地洗鱼。我上班的时间也已到了，我准备给单位打电话请个假，在家陪着母亲。可这时单位却先打来电话，说有件急事要我去处理一下。我看了看母亲，看看又看看，还是去上班了。

下班回家，路上，遇到一个邻居，她喊住我说："徐玉良，你妈的精神是不是有问题？早晨我碰到她买鱼回来，还没和她聊两句，她就匆匆走了，说得给你爸做鱼吃呢。"

我说："我知道，这段时间她的精神不太正常。"

邻居说："我说呢，那赶紧带她去看呀。"

我说："谢谢你了。"

回到家，母亲已经把鱼做好了。一盘炸鱼鳞，一盘煎鱼片，一盘红烧鱼尾，一盆鱼汤。这是父亲特有的吃法，过去，母亲常常给父亲这样做鱼宴。

母亲看到我，脸上露出久违的灿烂的笑容，说："快来看看，你爸要吃的鱼我全做好了。"

我稳了稳情绪，尽可能用平静的声调说："妈，你先吃吧。"

母亲摇了摇头，说："我得等你爸爸回来一起吃。"

我强忍着没有让眼泪流下来，说："妈，别等了，我爸他……"

下面的话我哽咽着说不出来了。父亲几个月前就已经去世了。从那以后，母亲的精神就有些恍惚，这两天尤其不太正常。

"不，我要等他。"母亲说着，很疲倦地打了个呵欠，头靠在椅背上，睡了。我一动不动地坐着，生怕稍有动静就吵醒了母亲。

不一会儿，儿子放学了，一进屋就喊奶奶。我连忙嘘了一声，制止儿子。可儿子没有反应过来，又大声地喊了两声奶奶。

母亲一动不动。

我走过去，发现母亲已经走了。

我的眼泪一滴滴落在温热的鱼宴上。

◀ 流浪狗

第一次见到贝贝时，刘文东一眼就看出它是一条流浪狗。

那时，它正蜷缩在街角，目光警惕地望着过往的路人。刘文东向它走两步，它立刻爬起来，一瘸一拐地向前跑。跑两步，停下来，回头望着刘文东，那目光让刘文东一下子明白了什么是楚楚可怜。刘文东想起书包内还有没吃完的半截火腿肠，拿出来，伸向它。它犹豫了一下，终于没有抵挡住美食的诱惑，走过来叼起了火腿肠，吞进肚里。刘文东乘机抱起了它，抚摸着它的头。它闭上眼睛，一动不动。刘文东立刻喜欢上了它，决定收养它。刘文东还给它起了个名字，叫贝贝。

可接下来刘文东犯了难。他不敢把贝贝带回家。他家住在楼上，没地方养狗。更主要的是，他的父母非常讨厌小狗。刘文东喜欢小狗，他和爸爸妈妈缠过很多次，要买一条狗，每一次得到的都是严厉地呵斥。有一次，刘文东从同学那里要了一条只有三个月大的小狗，他想，生米做成了熟饭，他的父母也许会接受的。

可让他怎么也没想到的是，那天心情不好的爸爸一看到他带回一条小狗，立刻大发雷霆，把那条小狗从阳台上扔了下去。一个小生命就这样消失了。刘文东从此再也不敢提养狗的事。

刘文东想了半天，决定把贝贝寄养在关小飞家。刘文东不喜欢关小飞，不但不喜欢，还很讨厌，关小飞喜欢欺负他。但除了关小飞，刘文东实在想不出来把贝贝交给谁合适。关小飞家住一楼，有个可以养狗的院子，他家以前也曾养过狗。而且，关小飞的家就在刘文东上学的路上，这样他上学、放学路上就可以看一看贝贝。

刘文东把贝贝抱给关小飞时，关小飞鄙夷地看了看贝贝，说："这么脏的狗，还瘸着腿，谁要？"

刘文东就央求道："不要你养它，你收下它就行，我每天带吃的喂它。"

关小飞瞪了刘文东一眼，说："凭什么我替你收留它？不干。"

刘文东从书包里掏出五元钱，递给关小飞，说："这样行了吧。"

关小飞抓过钱，把刘文东向门外一推，说："别忘了带好吃的给它。"

第二天，刘文东把偷偷省下来的面包送到关小飞手上，问："贝贝呢，我要看看贝贝。"

关小飞说："什么贝贝？"

刘文东说："就是我昨天送来的那条小狗呀。"

关小飞盯着刘文东说："我告诉你，它不叫贝贝，叫东东，刘文东的东，明白吗？"说着哈哈笑了起来。

刘文东大声说："不，它就叫贝贝。"然后，刘文东冲着关小飞屋里喊："贝贝，贝贝。"

贝贝怯怯地从门里探出头。关小飞狠狠地踢了它一脚，大喝道："进去。"然后，他砰地关上门，说："喊也没用，想见东东得我同意。"

从那以后，刘文东就和妈妈说他不想在家里吃早饭，想买着吃。于是妈妈每天给他五元钱让他买早点，他每天都会省下两元钱给贝贝买吃的。可每次，关小飞接过他送去的东西，却并不让看贝贝一眼。关小飞说："从今后你得叫它东东，要是叫得我高兴了，我或许会让你看它一眼。"

刘文东把脖子一拧，说："它叫贝贝，什么时候都叫贝贝。"说完头也不回地走了。

有一次，刘文东实在想贝贝了，去求关小飞。他把一元钱递到关小飞手里，说："让我看一看贝贝行吗？"

关小飞抓过钱，手并不缩回去，说："两块钱。"

可刘文东只有一元钱。关小飞把钱收起来，说："一块钱只能听东东叫两声。"说完，关小飞走进屋里，喊："东东，叫两声。"于是刘文东就听见贝贝汪汪叫了两声。

日子转眼间过去了一个多月，这期间，刘文东只听过贝贝叫过几回，还从窗户外看了贝贝两次。当然，这都是拿钱换的。虽然很少能见到贝贝，但刘文东依然深爱着贝贝，因为那是他的狗。

有一天，刘文东又去关小飞家，只见关小飞正坐在楼前晒太阳，人已睡着了，贝贝卧在他的脚上，正玩着他的裤腿。刘文东的脸上立刻灿若阳光，他小声喊着"贝贝，贝贝"，快速地跑过去，抓住贝贝，把它抱了起来。刘文东正想和贝贝好好亲一亲，贝贝却狠狠咬了他一口，从他怀里挣脱出去，躲到关小飞椅子下面。

"我对你那么好，你居然咬我？"刘文东说着，抬起腿就踢贝贝。就要踢到贝贝时，他又硬生生地收回了腿，叹道："唉，我对它好它又不知道。"

◀ 独手之爱

外出办事，返回时坐的火车，硬座。天太热，找到自己的座位时，我的衣服全汗湿了。这是一个两人座，我的座位靠走道。里面靠窗户的座位上坐着一个人，三十多岁。他的形貌不佳，甚至可以说有些猥琐，衣服也极不讲究，于是我认定他是一个民工。他的腿上睡着一个小男孩，双腿放在我的座位上。看我到来，那民工歉意地笑了笑，小心地挪动着双腿，把男孩的双腿慢慢地从我的座位上挪下去。

他一直没有用手，这让我感到奇怪，于是望向他的手，这才发现，他的右手没有了，只剩下半截残臂。他的左手一直向右伸着，平放在两排座位中间的桌子下面，这让他的身子略微向右侧，看起来十分别扭。我在座位上坐下，顺着他的左手望过去，发现他的手背贴在桌子下面，手掌罩着男孩的脸。我看不到那男孩的脸，只能从体形上猜测他六七岁。

我的第一感觉是他怕阳光刺着孩子的眼，影响孩子睡觉。但我很快就否定了这种想法，因为孩子的脸埋在桌子下面，那儿光线并不强，不会影响孩子睡觉。我又猜测那男孩的脸一定是非常丑陋，或者脸上有非常难看的伤疤，他不想让人看到男孩丑陋的脸，所以才用手遮住。我甚至怀疑那民工是个人贩子，男孩是他拐骗来的，他不定给男孩吃了什么药让男孩睡着了，怕男孩被人认出来，才始终遮住男孩的脸。可又感觉这两种猜测都有问题，如果真是那样，他应该捂住男孩的脸。可他的手背却贴在桌子下面，只是用手掌罩住男孩的脸。从他的手掌下面，我能够看到男孩的脸部侧面的一部分，也不像丑陋的样子，似乎还有些清秀。

难道他这样不感到难受？我又看了看他，他的左手努力地向右伸着，不这样就罩不住孩子。他的手平贴在桌子下面，没有任何东西可以帮他撑一下，就这样悬在空中，不知已悬了多久。我看他时，他的手不停地在微微颤抖着，手臂上不停地滴着汗水。我相信他的手臂一定非常酸痛，可他就是不肯把手放下来。

桌子上放着一些琐碎东西，我往里推了推，那民工又歉意地冲我笑了笑。我不想理他，没有任何表示，靠在座位上闭目养神，不一会儿就进入了梦乡。

等我醒来，一看时间，居然睡了两个多小时。再看那民工，依然半侧着身子，左手右伸，罩在孩子的脸上。只不过他的手不停地颤抖，半个身子都在抖动。

几分钟后，车就要到下一站了，我准备下车了。那民工也轻轻地唤醒孩子。孩子坐起来，民工把手从桌子下面抽出来，在半空中不停地抖动着。他试图去拿桌子上的东西，却没有成功。他手臂弯不过来了！我终于忍不住问他道："你的手为什么一直罩着孩子的脸？"

"他的眼刚做过手术，我怕他醒来时，万一猛一抬头时碰着眼睛。"他平静地说。

我的眼睛突然湿润了，我发现对面的乘客眼中也含着泪花。我们轻轻地帮他揉臂膀，慢慢地抖动他的手，过了好一会儿，他的手才弯了过来。

◀ 一碗米粉

　　天有些冷，父亲突然对我说，你陪我去一趟桂林吧。父亲越来越老了，行动也越来越不方便了，已经不能独自外出了。我那时正好要去西双版纳，就说，桂林你已去过了，西双版纳还没去过，干脆和我一起去西双版纳吧。父亲摇摇头。我又提了几个父亲没去过的地方，父亲仍然摇头，态度很坚决。

　　没办法，只好陪父亲去桂林。路上，我问，为什么非要去桂林呢？父亲说，我要去吃米粉。就为这原因？我哭笑不得。桂林米粉，我们那儿就有卖的，大老远跑去就为吃碗米粉，看来，父亲真的变成了老小孩。

　　车站的旁边就有不少卖米粉的，我说，我给你买一碗？父亲不让，带着我一家一家地找，可一次也没有坐下来。我说，随便买一碗不就行了，何必找来找去的。父亲很坚决地说，不，我要找一位姓杨的。我奇怪，他的米粉特别好吃？父亲"嗯"了一声，又说，我还欠他一碗米粉钱呢。

父亲说，那是十五年前的事了。那次他来桂林，玩得很开心，眼看返程的时间就要到了，他匆匆赶到车站，买了返程的车票。这时，他才发现肚子咕咕地叫个不停，于是就在一家小店要了一碗米粉。也许是因为太饿了的缘故吧，那天的米粉特别好吃。可是等到付钱的时候，他愣住了，手插在衣兜里怎么也拿不出来。他的钱包丢了，他一分钱也没有了。他尴尬地站在那里，脸上立刻冒出一层汗水。店主看出了他的窘态，问，没带钱？父亲低下头说，钱丢了。这样吧，你把你的地址、姓名给我，回去后我一定把钱给你寄过来。店主又打量了一下父亲，说，不用了，下次到桂林来，还来吃我的米粉，不过得给两份钱。父亲红着脸答应了。十五年了，父亲没有再去过桂林，那碗米粉在父亲的心头挥之不去。他甚至不知道那位店主叫什么，只知道他姓杨。

父亲和我把车站周围的小吃店找了几遍，也没有找到那位姓杨的。父亲就向人打听，终于有人告诉父亲，姓杨的店主早搬走了，搬到哪里没有人知道。失望如厚厚的阴云，蒙在父亲的脸上。他连连叹气。

父亲开始带着我在桂林慢慢寻找。要在那么大的桂林寻找一个不知道名字的人，谈何容易。我们找了整整两天，也没有找到。天越发冷了，再过 24 小时我们就要回去了。没有办法，我进了一家网吧，在网上发帖，请网友帮忙寻找那位姓杨的店主。

第二天中午，有人打我的手机，说他就是我们要找的人，请我和父亲去吃他的米粉。我和父亲按他说的地址找到了他。他的头发已经全白了，动作慢慢腾腾的，老态毕现。父亲还是一眼认出了他，紧走两步，上前紧紧握住他的手，说，我可找到你了，我可找到你了！语气中满是激动。

只是我有些疑惑，这个小店我前天来过，店主是个年轻人。也许是他的儿子吧，我想。

米粉端上来了，味道确实不错。父亲吃得很香，也很从容。然后，父亲执意按照自己的标准付了钱。

临别时，父亲又一次握住了他的手，说，要是我还能来桂林，我还来吃你的米粉。

他没有说话，只是使劲握了握父亲的手。

返回的途中，电话响了，是那位姓杨的店主打来的。他说，我们吃米粉的那家小店并不是他的，他身体不好，几年前就收了生意。听说我们在找他后，他特意和店主商量，临时当了一会儿店主，又给我们做了一次米粉。

挂上电话，我的眼中流下两行泪水。那碗米粉的香味弥漫在我的周围，温暖着我。

◀ 试用期
················

　　奔波了将近一年时间，终于有一家医院同意试用我了。试用期是三个月，到时如果我的表现不能让院方满意的话，那么我只有继续去奔波。

　　我很珍惜这十分难得的机会。每天，我都提前二十分钟到医院，把门诊室打扫得干干净净，然后给周医生泡一杯水。周医生是我试用期间的指导医生，我的任务是跟他学习，在他指导下给病人看病。

　　周医生十分和蔼，上班第一天，他就拍着我的肩膀说："小伙子，好好干，争取三个月后能留下来。"然后他就告诉我，医院其实并不缺医生，这次试用五个人，最终只能有一个留下来。周医生说："祝你好运。"

　　我的压力陡然大了起来。为了供我上大学，在庄稼地里刨了一辈子食的父亲，在他五十多岁时毅然到城里去打工了。父亲靠打工挣的钱供我上大学。两年之后我才偶然知道，父亲所谓的打工就是在城里捡破烂，除此之外他没有找到任何工作。现在我虽然已经大学毕业将近一年了，但父亲却依然在捡着他的破烂，因为我还没有找着工作，我还得靠他养活着。我必须好好表现，争取留下来，用我的工资养活父亲，而不是靠父亲捡破烂来养活我。

我很认真很虚心地向周医生学着我能学到的一切。虽然我没有钱像其他几个竞争者一样经常请自己的指导医生吃饭，但我能感觉到周医生越来越喜欢我了。

有一天下午上班没多久，周医生就接到他爱人打来的电话，周医生接完电话说得立即出去一趟，最多二十分钟就回来。临出去时他说："院长夫人下午要来看病，如果她来了，立刻给我打电话。"

周医生刚走，就来了一个病人，一个浑身脏兮兮的老头，弓着身子，不停地咳嗽。我告诉那老头，周医生有事出去了，我只是个试用的医生，问他是要等一会儿呢，还是让我来给他看？老头咳嗽着说："只要你不嫌我脏就给我看看吧。"看到那老头我突然想起了我的父亲，父亲身上比他还要脏。我极少有机会单独给人看病，所以看得很认真。

这时，又进来一个穿着华贵、派头十足的中年妇女，进门就问周医生呢。她说话的语气让我意识到她是院长夫人，就站起来，告诉她周医生有急事出去了，马上就回来。院长夫人说："我有点不舒服，你给我看看吧。"我说："我只是一个在试用期的医生，你如果没急事的话，是不是先等一下？周医生应该就回来了。"中年妇女说："我只是一点小毛病，你给我看一下开点药就行了。"我说："好吧，你稍等一下，我把这个病人看完立刻就给你看。"

院长夫人立刻就发了火，指着那老头说："什么，等给他看完？你看他浑身脏兮兮的，该不是捡破烂的吧？他也配在我们这儿看病？立刻叫他出去。"我看见那老头怯怯地看了院长夫人一眼，又求援似的看了我一眼，就低下了头，不敢说一句话。于是我又立刻想起我的父亲。因为穷，他得不到别人尊重，因为捡破烂，他让人看不起。这样的遭遇他一定也遇到过，那时，他也一定像现在这个老头一样，不敢和人争论，只能独自落泪。

我不知哪里来的勇气，对院长夫人说："对不起，他是我的病人，你也是我的病人，你必须等他先看完。"

院长夫人的脸变了，掏出手机，拨通一个电话就是一通呜里哇啦地大叫。

很快，院长就来了。院长夫人指着我说："你立刻把他给我赶走。"院长问了一下情况，一个劲地向夫人赔着不是，然后看了我一眼说："这个病人看完，你立刻到我办公室去。"说完就劝着夫人出去了。

我知道我得和这个医院说再见了，我难过得几乎掉下了眼泪。刚刚从外面回来的周医生了解了情况以后直冲我叹气："你这孩子，怎么那么傻呢？"

我拖着沉重的步伐来到院长办公室时，他告诉我，本来还要再过一段时间才能通过测试确定我是否能留下来，但现在不用了。我被留用了。我诧异地问为什么，院长说："因为在你的眼里，患者没有尊卑，你能用心为每一个患者看病。"

◀ 特殊献血者

那天献血的人比较多，我也比平时忙得多。正在忙碌，又来了一个人，瘦骨嶙峋的，我怀疑，他身上拴根绳子就可以当风筝放。一身衣服，虽然还算干净，但却遮掩不住陈旧和他的窘迫。我的第一感觉是，这是一个卖血者。他一进屋，就说："我要献血。"

我觉得这声音有点熟悉，就又看了他一眼。他的面色发黄，明显有些营养不良。虽然有些面熟，但我却怎么也想不起来在哪儿见过他了。我努力地在脑海中搜索了半天，还是没有想起来。

对前来献血者，只要能保证血液的质量，一般我们是来者不拒的，献血也是越多越好。但那天，我的同事可能看他太瘦了，劝他说："同志，你的身体恐怕不适合义务献血。"同事说这话时，把义务两个字咬得特别重。那人笑笑说："没事，你们抽吧。"

于是，填表、检查、验血型等一套程序之后，开始由我给他抽血了。我问他："献多少？"他答道："你看着抽吧，能抽多少抽多少，只要我不死就行。"他说这话时，很严肃很认真的样子，但我和车上的人都哈哈大笑起来，有两个同事笑得捂着肚子，半天直不起腰来，说："太逗了。"他也不好意思地笑起来。看来他是第一次来献血，我对他说："你要么献 200cc，要么献400cc，你准备献多少？"他说："不可以多献点吗？"我说不行。他疑惑地看了我一眼，无奈地说："好吧，那就 400cc 吧。"

开始抽血了，他突然紧张起来，眼睛盯着针头，身体有些微微发抖，问："医生，疼吗？"我笑笑说："你要是后悔，现在还来得及。"他摇了摇头，安静地躺下来，把头夸张地扭向一边，让我扎针。

抽血过程中，我突然发现他有点异样，忙走过去问他是不是不舒服？他的脸色有些苍白，喘着粗气，但还是说："没关系。"我说："要是不舒服就不要献了，身体要紧。"他犹豫了一下，说："没关系。"

我看他的态度很坚决，就放下心来，去看其他人。然而，等我再来看他时，只见他胸部剧烈地起伏着，脸色也白得吓人，我于是立即终止了抽血，并且为他注射了葡萄糖液。

过了一会儿，他平静下来，怯怯地问："医生，我可以提个要求吗？"我点点头。他说："我的血是献给四川地震灾区的，你们能帮我送去吗？"原来是这样，我心头一热，突然觉得他是那么可爱。

两天后，我去上街，路过一座天桥，一个蓬头垢面的乞丐正在乞讨，我照例给了他一元钱。他说："谢谢。"那声音让我心头一动，仔细一看，他居然是那个献血者。只不过那天他刚洗了澡，又换了一套干净衣服，我才没有认出来。

我问："真没想到你会给灾区提供捐助，你为什么会选择献血呢？"

"我的钱都是别人施舍的，但我的血是我自己的。"他说。

◀ 施　舍

　　陈文龙是个以施舍为乐的人，遇到街上的乞丐都会给点钱，遇到那些特别可怜的，十元二十元也不在乎。

　　有一次，陈文龙逛商店，直到天黑才往家赶。路上，他听到有两个人在说话，其中一个人说："今天碰到个大傻瓜，看我说得可怜，居然一下子给了我五十块钱。要是天天能骗到这种傻瓜就好了。"

　　陈文龙一愣，再看那人，是两小时前哭着向他求助的一个乞丐，而那乞丐说的傻帽正是他陈文龙。那一瞬间，施舍给陈文龙带来的快乐顿时化作懊恼。

　　陈文龙从此不再向乞丐施舍了。

　　陈文龙有个邻居，夫妻双方下了岗，生活十分困难。陈文龙觉得他们好可怜，就拿几件半新的衣服送给他们。当男主人弄明白陈文龙的来意时，冷冷地白了陈文龙一眼，吐出一句"我们不是要饭的"，随即砰地把门关上了。陈文龙愣在门外好半天，才羞愧地回了家。

从那以后，陈文龙轻易不敢向任何人施舍了。但愈是不能施舍，他施舍的愿望就愈强烈，陈文龙就天天瞄着哪儿有可施舍的对象。功夫不负有心人，陈文龙还真的发现了一个可以施舍的对象。他住的小区里来了一个卖菜的老人，头发全白了。那么大年龄还出来卖菜，陈文龙觉得那老人真是可怜。陈文龙决心多施舍点东西给他。

陈文龙就时常买那老人的菜，和他聊上几句。这样过了一段时间，陈文龙觉得和那老人熟悉了。有一天，趁没人的时候，陈文龙就拿出两件半新的衣服试探着送他。正如陈文龙期待的那样，那老人只是客气了一下，就满脸欢喜地收下了。陈文龙乐了，他比那老人还要快乐。

以后，陈文龙经常把一些旧衣服和一些自己用不着的东西送给那老人，每次，他都会满面笑容地接过去，并且一个劲地说谢谢。陈文龙觉得十分幸福。

有几次，那老人坚持要把一些青菜送给陈文龙，陈文龙不要，那老人说："你给了我那么多东西，总得让我也表示一下感激之情吧。"

陈文龙看那老人一脸的真诚，说："行。"于是愉快地接过青菜。从此，陈文龙对那老人的施舍更勤了。从对那老人的施舍中，陈文龙获得了极大的满足与幸福。

和别人聊天的时候，陈文龙特别爱提到自己向别人施舍的种种事迹，自然提到最多的是那卖菜的老人。听的人总是对他竖起大拇指，说："你真是个难得的好人。"陈文龙就笑，那种来自心灵深处的幸福让他抑制不住自己的笑容。

有一天，陈文龙路过一个花园小区，小区里全是别墅，里面住的自然都是有钱人。陈文龙想，自己要是有钱在这里买一套别墅就好了。陈文龙这样想时，有一套别墅的门开了，从里面出来一个老人，正是经常接受陈文龙施舍的那个卖菜的老人。

陈文龙愣了好一会儿，才想起问那老人："你住在这儿？"

老人点了点头。

陈文龙又问："这是你自己的房子？"

老人又点了点头。

陈文龙觉得很奇怪，问："那你为什么还辛辛苦苦地卖菜？"

老人笑了，说："别人卖菜辛苦，我可不辛苦，我闲着没事，卖菜只是图个乐趣。"

陈文龙觉得不可思议，又问："可我每次施舍给你东西，你怎么会很乐意地接受呢？"

老人愉快地笑了，说："我看得出来，你是个以施舍为乐的好人。我要是不接受你的施舍，你一定会难受，而我愉快地接受了你的施舍，你就会无比的幸福。既然这样，我为什么不接受你的施舍呢？"

陈文龙愣了，他一直以为是他在向那老人施舍东西，谁知是那老人一直在向他施舍幸福。

◀ 忘记付钱的顾客

张太平是浴池的搓背工。张太平的手艺不错，有不少固定的顾客，这些固定顾客一般不让其他人给他们搓背，只让张太平搓。刘老师就是这些固定顾客中的一个。

这天，张太平像往常一样，搓了几个背就上来收钱。这里的搓背工收钱一般都不用张口，找个地方坐下来，顾客看到后就会主动付钱。张太平一过来，有两个顾客就把钱付了，可刘老师却没有付钱的表示。张太平有些奇怪，每次刘老师一见到他就立刻付钱，从来不耽误时间，今天是怎么了？张太平以为刘老师没看到他，他不想等太长时间，还得抓紧时间给别人搓背呢，于是，他走上前，冲刘老师笑了笑，问："刘老师，要不要给你倒杯水？"刘老师忙说："谢谢，不用。"可仍没有付钱的意思。

莫非刘老师忘了？以前也出现过顾客忘记付钱的情况，可刘老师从没忘过。反正刘老师快穿好衣服了，索性再多等一会儿，张太平想。于是，张太平就耐心地等。刘老师很快穿好了衣服，开始往外走，可还是没有要付钱的意思。看来他是真忘了，不能再等了，张太平想，于是拦住刘老师，说："刘老师，你的搓背钱还没给呢。"

大家哄地笑了。笑声有善意的，但也有嘲讽和鄙视的。刘老师一愣，忙拍了一下自己的脑袋，说："噢，对不起对不起，我忘了。"说着在众人的笑声中付了钱。

张太平收了钱，说声谢谢，又开始搓背去了。

过了好一会儿，张太平突然想起，今天刘老师根本没有搓背。想起向刘老师要钱的事，张太平的脸腾地红了。可刘老师明明没搓背，为什么还会付钱呢？他会不会因此生气不来了呢？张太平想，刘老师要是再来，他一定要向刘老师道歉，把收的钱退回去，因为他实在不想失去刘老师这样一个好顾客。

可接下来的两个星期，刘老师都没有来洗澡。看来刘老师是真的生气了，自己也将要永远失去这个顾客了，张太平更加后悔，觉得那天真不该找刘老师要钱，让他在众人面前出丑。

又过了几天，刘老师又来洗澡了。张太平一见刘老师，慌忙迎上去道歉："刘老师，对不起，上次我……"

张太平话没说完，刘老师连忙制止住他说："你做得对，我这人好忘事，下次要是再忘了，你尽管说。"刘老师说这话时虽然面带笑容，可张太平总觉得他是很生气的样子。张太平还想说什么，刘老师制止了他。刘老师洗澡时，张太平又两次向刘老师道歉，可每次他一张口，刘老师就又制止了他。张太平实在不明白这是为什么？

辛劳了一天的张太平，在回家的路上又碰到了刘老师，这次，他终于向刘老师道了歉，然后，他问："那天，你明知道自己没搓背，我找你要钱的时候你为什么不说？今天我几次要道歉你为什么又不让？"刘老师笑了笑说："当时那么多人都看着你拦住我，向我要搓背钱，我若说没搓背，他们一定会笑话你的。今天你几次想道歉，但旁边都有人，我不想让其他人知道那天事情的真相，所以才没让你说。"

◀ 无心的善举

那是好多年前的事了。

春节过后没多久，我带着一大包行李去外地上大学。我的女朋友到车站去送我。

公交车站离火车站还有一百多米的距离。我一下车，就见一个女孩，拿着一个写着"求助"的纸牌子，在向前面一个人诉说着什么。那人不耐烦地挥着手说"去去去"，并不看女孩一眼，只顾走自己的路。

看到我和女友，那女孩向我们走过来。女孩十三四岁的样子，穿着单薄的衣服，小脸冻得红扑扑的。女孩对我说她母亲半年前病故了，靠卖苦力养活全家的父亲两个月前也病倒了，家里欠了一大笔债。开学时间就要到了，她的学费还没有筹够。能借的地方都借遍了，没有办法，她只好求好心人来帮忙。

我疑心她是骗子，不想给她钱，但我又怕女朋友说我小气，于是我指着自己的行李说："你帮我把这包背到车站，我就给你五块钱。"

女孩连忙说道:"谢谢!谢谢!"说着,从我手里接过行李包,吃力地背在身上,兴奋地走在前面。

女友一拉我的衣服,说:"你怎么忍心叫这么个小女孩帮你背包。"

我一愣,没想到女友会这么说,生怕她会因此生气,于是灵机一动说:"我只是想让她靠自己的劳动挣钱,不想让她小小年纪就当乞丐。"

听了我的话,女友笑了。小女孩回过身来深深地鞠了一躬,又说了一声谢谢。

到了车站,我去排队买票,女孩背着包站我旁边。我说:"你把包放下歇一会儿。"

女孩说:"不用,你给我那么多钱,我得多背一会儿。"那一刻,我差一点流下了眼泪。

买好票,我给了她十元钱。她不要,说:"说好是五块钱的。"我劝她收下,说算是帮她了,女孩想了想说:"那你把地址给我,将来我有钱了,一定会还你的。"我说不用还了,女孩坚持要我的地址,我于是写下来给她了。

这件事过后我就没放在心上。

多年以后,一天,我正在办公,一个姑娘到办公室找我。她穿得虽然很朴素,但很得体。看到我,她很兴奋地问:"你还记得我吗?"

我想了半天,也没想起来她是谁,只好摇了摇头。她说:"你还记得八年前在火车站给你背包的那个小姑娘吗？"

我想了想，终于想起那个瘦小可怜的小女孩，看看眼前这个亭亭玉立的大姑娘，一脸的真诚，真的和那小女孩很像。我问："你就是那个小女孩？"

她点了点头说："是。"然后告诉我，她找到我父亲家，我父亲告诉她我在这里上班，她就找来了。她说："我是来还钱的。"

我又有了一种想流泪的感觉。现在回想起来，当时，如果不是女友在场的话，我也许会像前面那个人一样粗暴地对她说"去去去"，我其实没有真心想帮她。我告诉她不用还了，那算不了什么的。

她说："不！你错了，那对我非常重要！因为你让我明白了，我其实可以用自己的劳动挣钱的。你不知道，那时我真的有了做乞丐的想法。是你改变了我的人生道路。"她接着告诉我，从那以后，她靠给人打零工挣够了学费。现在，她已经大学毕业并且找到了一份不错的工作。她是特意来向我表示感谢的。

我没想到，当初我的一次并非出自本心的善举，竟然改变了她的一生。我对她说："你如果真心想感谢我，就去多帮助一些像你当初一样需要帮助的人吧，也许你的帮助会改变他们的一生。"

她愉快地答应了。从那以后，遇到一些需要帮助的人，我也会尽可能地给予帮助。

没有季节可以错过

◀ 他的名字叫许戒

认识许戒是在尊者酒楼。这酒楼名字挺虚荣的，因为它充其量算是一个小饭馆。二楼是几个单间，吃酒席的可以上二楼；一楼只一个大厅，摆着两张圆桌和几个卡座，三五好友炒几个菜，随意吃点什么，一般都在一楼；如果你只吃碗面条，也一样欢迎。我只要了一碗面条。旁边一个五十岁左右的人，也在吃面条，只是面前多了一荤一素两个炒菜。相比于我的婉约，他吃得很豪放。吃完，他很潇洒朝空中打个响指，高声喊道，老板，签单。一个服务员颠颠地把单子递给他，他很潇洒地签上名字，高傲的目光扫过众人，端着脑袋走了。而我也记住了他的名字：许戒。

结识许戒后，又在尊者酒楼碰到过他两次，都是他替我付的账。我起初不肯，他用居高临下的口气说，你和我争什么，我能签单，你能吗？我喏喏地依了他，惭愧中对他充满了羡慕。

只是这羡慕并没有维持太久，我就知道了，他只是单位的一个副科级干部，手中并无实权，自然也完全没资格在酒店签单。

他能够在尊者酒楼签单，是因为他不定期在酒楼预存一笔钱而已。

真够虚荣的。

和他的朋友说起这事，他的朋友嘴角闪过一丝嘲讽的笑容，你才知道呀，我们都叫他虚荣。

他的朋友还说起一件往事。

许戎从小在农村，他爹给他起名叫许戎，是希望他将来能当兵。有一年征兵他也报了名。他各方面条件都不错，带兵的人很满意，准备要他了。可是问他为什么当兵时，他说，当兵人看得起呀。带兵的人说他太过虚荣，目的不纯，没有要他。这说法是许久之后传出来的，真实性无法考证，但大家愿意相信。

但许戎有另一套说法。许戎说，他们村一共两人报名，人家只要一个，自然是他。但另一个人学习远不如他，如果不当兵，肯定要修一辈子地球。可他不一样，他学习好，点子多，即使考不上大学，也不会窝在农村，所以就把机会让给那人了。那人在部队当到团长后转业，现在在市某局当局长。许戎常常说，我当初要不把机会让给他，说不定早当厅长了。听的人就笑着说，可惜了，许厅长。

那以后，我也叫他虚荣。第一次叫他，他脸色骤然一变，仿佛愤怒的葡萄。我叫许戎，他纠正道。再见到他我仍然叫他虚荣。他后来也不再纠正，但在尊者酒楼再遇到他，他也不再替我付账。

之后不久，我单位一个同事的爱人得了癌症，治疗需要一大笔钱。同事家底耗净，欠的债还是能封住门。同事是个要强的人，单位每人三百五百地凑了两万多块钱给他，但他坚决不要。他宁肯卖房还账。

这事不知怎的传到了虚荣的耳朵里，他给我打电话说，他和县红十字会的房主任关系铁到共穿一个裤衩，房主任看在他面子上，答应资助我同事三万元。

我把这消息告诉同事时，同事远没有我想象的兴奋，反而有些犹豫，问，有什么条件？会不会有记者采访？我理解同事的想法，接受别人捐赠于他如嗟来之食，即使是红十字会的捐款，他仍有屈辱感。

我把朋友的顾虑和虚荣一说，虚荣把胸脯拍得像放炮似的说，我可以做主，什么条件都没有，也不宣传。我的面子，红十字会敢不给？

看着他鼻孔朝天的样子，我总觉得事情也许没他讲得那么简单，生怕伤害了我的同事。事实证明我多心了，红十字会只悄悄来了一个工作人员，把钱交给了我同事。

有一天，我参加一个饭局，正好和红十字会的房主任坐一桌。聊起许戎，才知道房主任并不认识他。我纳闷，问那次捐款是怎么回事？房主任拍了一会儿脑袋，才说，想起来了，他把三万元送到我办公室，让我以红十字会的名义给你同事，还交代让我们说是看他面子捐的。真虚荣。对了，好像听说他就叫虚荣。

我愣了好一会儿，正色道，不，他的名字叫许戎！

◀ 老人与狗

　　老吕头又一次来到老王头的家。这一次，不止带着狗粮，还拉了几根木头，每一根都七八米长。

　　老王头的门依然锁着。阿黄还静静地卧在门口。两个月来，它一直这样。面前的食盆被舔得发亮，仿佛有人很用心地洗过一样。听到声音，阿黄迅速翻身，趴在地上，高昂起头。见是老吕头，重又卧下。老吕头从板车上端过一小盆饭，倒进阿黄的食盆里。阿黄爬起来，头埋进食盆里开始吃东西。吃得迅猛，显然饿极了。

　　老吕头抚摸了一下阿黄。阿黄身子颤了一下，嘴里发出善意的呜呜声，继续埋头吃食。老吕头从车上卸下木头，开始干活。先在院内挖一个坑，把最粗的一根木头埋好，固牢。这点活儿，若是年轻时，仿佛抽支烟一样轻松。可现在不行了，早累得气喘吁吁。

　　这时，老伴跑过来，埋怨道，别人家搬得差不多了，咱家里还没都收拾好呢，你不在家帮忙，跑这里干啥？

是的，家里东西都没收拾好呢，老吕头知道，这主要怪他。政府早就通知了，说今年雨水多，要大家做好蓄洪的准备。开始，老吕头还有些不信，在蒙洼住了一辈子，政府哪年不说要蓄洪，但真正蓄了几次？其实也不是不相信，只是不愿离开那早就住惯了的家。那家虽破，毕竟是自己的家呀。这几天看看淮河水位越来越高，天却没有一丝放晴的迹象，于是也信了。真的要蓄洪了，政府已开始组织大家搬迁了。

老吕头回头看了老伴一眼，说，你先回去收拾，我把这点活干完就回去。说完，又扛起一根木头，斜搭在那竖好的那木头上，固定。

老伴看得莫名其妙，大声问，你这是干什么呀，还有这闲心，不要家了吗？老吕头不再说话，只顾干自己的活。老伴知道他倔，嘟囔着离开了。

老吕头把剩下两根木头也斜着固定在那根竖直的木头，这样就做成了一个支架。做好，老吕头使劲晃了晃，支架纹丝不动。又用脚踢几下，还是纹丝不动。老吕头脸上露出了笑容。

这时，一个村干部走过来，冲老吕头说，老王头都死两个月了，你在他这里干啥呢？赶紧回去搬家去。这一两天就要蓄洪了。

老吕头说，你忙去吧，不用你操心了。说完，从板车上下拿下一个木盆。木盆的上沿已钻好了一个洞，拴了一根绳子。老吕头把那绳子拴在木架上，试了试，很牢固，于是直起腰，捶了捶后背，开始收拾东西，准备回去。

那村干部说，你在这儿正好，帮我把老王头的狗逮住送走。

虽然只是一个畜生，咱也不能让它淹死是不？

老吕头说，没用的，它不会走的。两个月了，它一直在这里等着老王头回来呢。你真把它弄走了，它最后的希望就破灭了，它会绝食的。那样反而害了它。

真是条好狗呀。老吕头又感叹道。

可也不能眼睁睁地看着它淹死呀？村干部说。

老吕头又一次晃了晃刚搭好的支架，笑了。

村干部也笑了。

蓄洪了。老吕头的家被淹了，老王头的家也被淹了，蓄洪区一片汪洋。老吕头站在大坝上，看向老王头家的方向。他搭的支架在水中露着一个头，旁边一个木盆在水上漂着。阿黄在木盆里趴着呢。

老吕头笑了。笑着笑着又哭了。

◀ 为了一句客套话

我家旁边有一个公园，开放式的，我经常从公园穿过。

那天，下着小雨，我又从公园经过。远远地，看见一个人，打着伞，在雨中漫步。走到跟前，认出是徐卫东。忙上前打招呼，问他在干什么？徐卫东笑笑，说没事，散步而已。这个老徐，都退休了还这么浪漫，够有情调的。

一个多小时后，我再次经过公园往家走，却见徐卫东仍在那里踱来踱去。雨虽不大，可他的裤腿还是淋湿了一大半。我立刻意识到，他绝不是在散步，就问，你在等人？他说是。我笑道，什么重要人物，让你在雨中等这么长时间？他说，一个昨天才认识的朋友，我还不知道他叫什么名字。

记者的职业敏感，让我觉得这里面一定有故事，就拉住他的手，问他到底是怎么回事？徐卫东开始还不肯说，但禁不住我再三追问，终于告诉我一切。

头天下午，徐卫东在公园散步时，碰到一个老同志，两人随便了聊了两句，没想到越聊越投机，坐在石椅上居然聊了将近一个小时。分手时，那个老同志握着徐卫东的手说，我得回家了，咱们明天继续聊。徐卫东就说，好，明天我等你。

我笑了，说，为这你就在雨中等呀。他那显然只是一句客套话，并不是真的和你约定在这里见面，这又一下雨，他肯定不会来的。

徐卫东也笑，说，我知道，可我还是要等，因为我答应等他了。

第二天下午，我在公园里又碰到了徐卫东，就问，你该不是还是等那老同志吧？他点点头。我感叹道，你可真够守信用的。

此后一连几天，每天下午我都看到徐卫东在公园里，只是一直没见到那老同志。

我很是感慨，就写了篇随笔，题目叫《为了一句客套话》。文章最后，我说，希望那个老同志看到这篇文章后，能立刻去公园见徐卫东，别让他空等下去。写好后，我把文章拿给徐卫东看，让他提一下修改意见。徐卫东看后，很真诚望着我说，这篇文章不要发，好吗？

为什么？我不解地望着他。

徐卫东很认真看着我的眼睛说，就像你那天说的那样，那老同志说"明天继续聊"，可能只是随口说说，是一种礼貌性的语言，并不是真的约定。所以，他虽然没有来，但并不会有不守信的负疚感。可他一旦知道我这几天都在等他，良心就会不安的，这反倒是我的不好了。我说，那你就不要再等他了呀。徐卫东说，我等他，只为我心安。

我又是一阵感叹，当着他的面撕了那篇文章。

又过了两天，我去公园时，路遇一个叫席双旗的熟人，聊着聊着就到了公园。远远地我又看到了徐卫东。席双旗也看到了徐卫东，说，我遇到熟人了。我问，你也认识他？席双旗说，前不久才认识的，就这公园里，我们聊得很投机，分手时我还说第二天见的，可这几天一忙，居然把这事忘了。这样说时，席双旗满脸愧疚，唉，我该怎么和他解释呢？真不好意思见他了。

正为难呢，徐卫东迎过来，握住席双旗的手说，真对不起，那天说好第二天见面的，可我这几天有事，一直没有过来，真对不起。

徐卫东这样说，冲我笑了笑，我也会心地笑了。

我看到，席双旗也如释重负地笑了。

◀ 等待的红薯

几年前的事了。

下班路过奎星楼，路边一个老人在卖红薯。一架板车，车上胡乱地堆着一堆红薯。我骑着自行车从旁边经过，没打算停下来。一个女人拦住我："请问你有现金吗？"

我停下车，脚支在地上，并没下车，疑惑地看着她。她忙解释，她买老人十元钱的红薯，身上没有现金，而老人偏偏没有微信。如果我有现金，请我付给老人，她用微信给我转账。

我正犹豫着，老人冲我憨憨地笑笑，说："大兄弟，帮个忙吧。自己种的红薯，我哪知道城里人都用微信付钱？"

我掏出一张二十元的钱递给老人。那女人加了我微信好友，转给我十元钱，走了。这时，老人已麻利地挑了几个红薯，冲我说："这几个送你吧。"

我看着那几个红薯，真好，不免有些心动。我又看一眼老人，头发全白了，生活的艰辛在他脸上刻下一道道皱纹。我怎么能要他的东西？我应该帮助他才是。我说我不要。他的脸上明显掠过一丝失望，虽然转瞬即逝，但没逃过我的眼睛。难道我做错了？

我正胡思乱想时，老人给我找钱了，十二元。我愣了一下，说："不是应该找我十元钱吗？"

老人真诚地说："你不是帮了我忙吗？"

"那也不能赚你的钱。"我说着把他多找的两元钱塞给他。

老人一边推脱，一边说："这可怎么好，这可怎么好？"然后又说："要不你买几个红薯吧，我给你算便宜点。"

我笑了。我只不过是举手之劳，这老人怎么觉得好像欠我多大人情似的。我看看他的红薯，是当地常见的白瓤红薯。我喜欢吃红瓤的，我借着这样的托词，骑上车离去。

身后传来老人的声音："红瓤的我种得不多，明天给你带点来。"我看不到老人的表情，但确信这只是一句客套话，也没再回应，快速地离去。

这件事很快就被我忘记了，如同一个小石子落进水中，当时虽然激起了一丝涟漪，但转瞬就消失了所有的痕迹。那条路我平时也不常走，再次经过奎星楼时，已经是十多天之后了。那时正下着蒙蒙细雨，我不肯打伞，悠闲地在雨中骑行。

"大兄弟。"我听到一个很热切的声音。顺着声音望去，是那个老人。老人没有带伞，衣服已经半湿了。老人一脸兴奋，招手让我过去。

老人面前依旧是一架板车，空空的，显然红薯已经卖完了；脚边放着一个扎着口的塑料袋，里面隐约是几个红薯，红瓤的。

老人拎起塑料袋说，家里种的红瓤红薯不多，前几天叫人买完了，这几个是他特意给我留的。

　　我能感觉到我的脸在发烧。我不敢看老人的眼睛，只盯着那红薯看。红薯黄澄澄的，仿佛金子一般。

◀ 永远的招牌

有一段时间，我不知该如何抉择，天天睡不好觉。我最好的朋友徐卫东说，干脆出去散散心吧，或许对你有帮助。出去也好，至少可以暂时不去面对烦恼。可去哪儿呢？我拿不定主意。徐卫东给我推荐了几个地方，都是著名的景点，中间却夹着一个我从没听过的小地方——东沙古渔镇。

我从网上查了一下，这个小镇是中国唯一的海岛古渔镇，渔业发达，历史悠久，古街巷保存完整。我立刻来了兴趣，决定去看看。

半路上，我给徐卫东发了一条短信，告诉他我的行程，让他为我保密。徐卫东很快回了短信：到了那里，别忘了去毛家鱼馆，喝一碗那里的鱼汤。徐卫东是个美食家，他特意让我去毛家鱼馆去喝鱼汤，想来那鱼汤一定非常鲜美。

辗转到了东沙镇时，天已黑了，就随便找个地方住下。

夜晚，躺在床上，我辗转反侧，犹豫着要不要还那笔钱。对方把欠条弄丢了，没人能证明我欠他钱，而我正需要那笔钱呢。

第二天，我在小镇转了半晌，觉得有点饿了，就想起毛家鱼馆来。随便找个人一打听，那人指给我说，要转好几个弯呢，你边走边问吧，镇上的人都知道。于是我对那鱼汤更加期待起来，一路打听着找到了毛家鱼馆。

毛家鱼馆的招牌在风中飘扬着，挂在一根高高的竹竿上，颇像古时乡村酒肆的招牌。走进去，却发现根本不是饭馆，而是一家米店。我慌忙退了出来，又看了看毛家鱼馆的招牌，不错，就是这里。我疑惑着再次走进去，问，这是毛家鱼馆？

店主人微笑着说，是。我迟疑了一下，说，我想喝碗鱼汤。店主人笑了，说，毛家鱼馆早就不卖鱼汤了，从我爷爷开始就改卖米了。

我说，为什么不卖鱼汤了？你们的鱼汤不是非常好喝吗？店主人又笑了笑，说，不，我们的鱼汤不好喝，我爷爷就是因为生意不好才改卖米的。我问，可为什么还叫毛家鱼馆呢？

这时，进来一个戴眼镜的顾客说，老板，给我称五斤米，我等会儿来取。说完，先付了钱，出去了。店主人一边忙碌，一边对我说，这话说来就长了，等会儿不忙的时候我再详细告诉你。你要是想喝鱼汤，往前走三十米就有两家，都很好。

我在那里等了十多分钟，店主人一直在忙。中间，"眼镜"回来了，拎起米就走，看来他对店主人真是信任。

看店主人一直忙个不停，我没有再等下去，按照店主人指给我的方向去了一家真正的鱼馆。店主人说得不错，那里的鱼汤果然好喝。

回到住的地方，我又想起毛家鱼馆的事，就问服务员，毛家鱼馆的招牌为什么还不换？

因为一个玉镯。服务员的第一句话就吊起了我的胃口。

六十多年前，毛家鱼馆的店主人是现在店主人的爷爷，只是他的鱼汤做得很一般，生意也不好，勉强维持着。

有一天，毛家鱼馆来了一个外地人，要了一碗鱼汤，两个大饼。吃完饭，他从手腕上褪下一个玉镯递给店主人。他说他是坐小船上岛的，船快靠岸时却翻了，他侥幸捡回了一条命，但带的东西、盘缠全丢到海里了。他说，这玉镯还值些钱，我把它押在你这里，能不能借给我点回家的路费？

店主人是个好人，虽然不识玉，但还是给了那人二十块钱。那人临走时说，那个玉镯对他有特殊的意义，他快则两个月，慢则三五年，一定会回来赎的。

可那人一直没有回来。

毛家鱼馆的生意实在不好，店主人开始还坚持着，后来实在坚持不下去了，就改行卖米了。既然改行了，毛家鱼馆的招牌当然得改一改，家里人都这样说。但店主人把头重重一摇，说，换了招牌，玉镯的主人就可能找不到咱们了。

几年后，店主人死了。死前，他对儿子说，今后你干什么我不管，但这毛家鱼馆的招牌不能改，咱得等着人家来赎玉镯呢。

就这样，毛家鱼馆的招牌一直挂到今天。不知道还要挂到什么时候？服务员说。

我噙着热泪说，应该永远挂下去。

然后，我给徐卫东打电话，你是不是早已知道毛家鱼馆的故事？

每个人都应该听听这个故事。徐卫东说。

我默默挂上电话，也作出了一个决定。夜里，我做了一个甜甜的梦。

◀ 楚灵王之死

　　楚灵王欲以武力称霸诸侯国。先攻打吴国，无奈久战不胜，无功而返。于是决定建章华宫，以夸耀国力。章华宫方圆四十里，中央一高台，名曰章华台，高三十仞，巍峨雄伟，高耸入云。

　　章华宫建成，鲁侯前来祝贺。楚灵王大喜，与鲁侯同登章华台。章华台共分数层，每层都有明廊曲栏，宏伟中不失精致。登上台顶，楚灵王问鲁侯："此台尚可否？"鲁侯露出羡慕与钦佩之色，说："诸侯未闻，史上未有。"楚灵王仰天大笑，面露得意之色。

　　晚上，楚灵王设宴，与鲁侯同饮。楚灵王让人端来大中小三种杯子，鲁侯挑一小杯，楚灵王选了一大杯。楚灵王酒到杯干，不久就醉了。楚灵王贴身侍卫身背一弓，鲁侯见了，说："好弓。"楚灵王说："这也算好弓？"于是让人取他珍藏的宝弓来。此弓名叫大屈，楚灵王特别钟爱，平时秘不示人。鲁侯手抚大屈，久久不愿放下，喃喃道："好弓，好弓！"楚灵王哈哈一笑，说："你喜欢，送你了。"鲁侯连忙拜谢。

第二天，楚灵王酒醒，想起赠弓之事，猛一拍脑袋，心中暗悔。于是急召大臣伍举，命他到鲁侯那儿把宝弓要回来。伍举连忙说："不可，送出去的东西怎好再要回来。"楚灵王说："你智计过人，一定有办法让鲁侯自愿把大屈还给寡人。"伍举说："先赠而后索，鲁侯必然心生怨恨。"楚灵王把嘴一撇，说："那又如何？"伍举还要再说什么，楚灵王扫了他一眼，说："去吧。"伍举长跪不起。楚灵王腾地站起来，狠狠地瞪了伍举一眼，说："没有你，寡人照样能把大屈要回来。"说完拂袖而去。

鲁侯将要离开，楚灵王前来送行，抓住鲁侯的手说："那张宝弓你可一定要派重兵好生保护哟。"鲁侯不解地望了楚灵王一眼，"哦"了一声。楚灵王说："此弓名气太大，齐、晋、越、吴都曾想用十城换此弓，寡人未许。吴国甚至想出兵强夺，以致两国交兵。"鲁侯一听，忙取过宝弓，递与楚灵王，称自己不敢夺人所爱。楚灵王假意不接，说："寡人送你的，你只管收下。"鲁侯说："敝国兵少，怕诸国出兵讨要呀。"楚灵王笑道："放心，若果如此，寡人定派重兵助你保护大屈。"鲁侯呵呵一笑，坚决请楚灵王收回宝弓。楚灵王假意推脱一番，收回大屈，面露喜色。

鲁侯返回，途经汉水，把楚灵王赠送的礼物全都扔进汉水之中。

楚灵王召见伍举。伍举到时，楚灵王正用宝弓大屈练习射箭。楚灵王不看伍举，也不说一句话，任伍举躬身站在太阳下。伍举心中暗自长叹。第二天，伍举称病辞官。

楚灵王的五弟弃疾，功劳卓著，却少有封赏，久而生怨，欲取灵王而代之，因忌惮伍举足智多谋，不敢有所行动。伍举辞官，恰好楚灵王又亲自带兵远征颍水之畔的徐国，弃疾立刻组织力量，又向吴国借兵，拿下都城，宣布继位，称楚平王。

楚灵王闻知，立即回师讨伐弃疾，但手下将士得知平王即位，纷纷叛离。楚灵王无奈，前往鲁国借兵，鲁侯问楚灵王："你突然造访，该不是来赠我宝弓的吧？"楚灵王羞愧而返。

又几日，手下将士叛逃殆尽，楚灵王无奈，自缢身亡。

◀ 子鱼事件

秦桧书法造诣很高，却他很少与人谈论书法，他觉得别人都不配。但秦桧时常找宋高宗赵构探讨书法。每次，秦桧都能巧妙地把话题从书法引向朝政。两人常常谈得忘了吃饭，赵构也因此常常留秦桧吃饭。

这一日，两人都喝多了，于是聊着聊着，话题就偏离了书法和朝政。赵构说，最近一段时间见到的子鱼都很小，根本没有大的。

秦桧立即接着说道，怎么没有？明天我给你送一百条来。秦桧说完这话，就发现赵构一愣，脸色随即阴沉下来。秦桧的酒顿时醒了，又搭讪了几句，赶紧告退。

路上，秦桧脑中一片空白。回到府中，秦桧狠狠地扇了自己两个大耳光。一个仆人看到了，扑哧一声笑了出来。秦桧剜了那仆人一眼，仆人扑通跪倒在地，不住地叩头。秦桧喊了一声"来人"，指着那仆人说，拖下去乱棍打死。秦桧说完，再也不看那仆人一眼，在仆人的求饶和哀号声中回到自己的房间。

秦桧在房间里踱来踱去，良久，叫人赶紧去买一百尾一尺多长的青鱼。然后，又叫人把管家叫来，叫管家看看家中子鱼还有多少，找人把八寸以上的全部送给李纲，剩下的四寸以上的全部埋掉，只留四寸以下的。

送给李纲？管家以为自己听错了，疑惑地看着秦桧。

李纲是朝中重臣，又是主战派，也是朝中为数不多敢和秦桧对着干的人。两人积怨很深，秦桧一直想除之而后快。管家对秦桧的命令很是疑惑。秦桧也不解释，只说，赶快去办，要保密。给李纲送鱼的人一定要选好，不能让李纲怀疑是我叫人送给他的，告诉他，这件事办好了，我升他的官。

第二天，秦桧把一百条一尺多长的青鱼献给赵构。赵构看了哈哈大笑，说，这哪里是什么子鱼，分别都是些青鱼吗？

是吗？我一直以为这就是子鱼呢？秦桧故作吃惊地说，那子鱼是什么样子的呢？

子鱼身体侧扁，头小而尖，尾尖而细；而青鱼形状有些像草鱼，但身体细而圆，与子鱼相差较大。赵构说完，又叫人端来几条子鱼。秦桧说，原来这就是子鱼，我一直叫它鲚鱼。这子鱼我家也有，不过没有这大，都是三四寸长的。

秦桧看到赵构脸上露出了笑容，遂又说了句，皇上要是想吃一尺长的子鱼，不妨向李丞相要去。我听说，他府上有不少一尺左右的子鱼。

是吗？赵构脸上又是一寒，说，那你随我到李丞相家走一趟吧。

李丞相就是李纲。李纲听说赵构想吃子鱼，就赶紧叫家人把家中的子鱼都拿了出来。赵构看到李纲拿出来的子鱼个个都比皇宫中的大，连说，好，好。说完，转身走了。

不久，李纲就被莫名其妙地罢了官。大家都以为是他因主战得罪了皇上，只有秦桧知道，他其实是栽在那些子鱼上。

没有季节可以错过

◀ 葛粉招亲

南宋时期，宋金之间战事频仍，有一天，处于宋金交界的 F 城里的万家却贴出一张招亲告示。看到告示，葛青感到怪怪的。

万家据说是从京城新搬来的大户人家。这已经很奇怪了，在京城住得好好的，为什么要来 F 城这样一个偏僻小城，不知道金兵就要打过来了吗？偏偏又在这里为如花似玉的女儿招亲。那条件更是奇怪，所有应征者只需要带着葛粉去，多少不限。莫名其妙嘛。难怪过去不为人知的葛粉最近大热，去南山买葛粉的络绎不绝。很多人头葛粉的同时，顺带着也买一些其他葛制品。

葛青不打算去招亲。自己家太穷，万家怎么会看上自己呢？虽然招亲告示上说不论贫富贵贱，估计也就是说说而已，最终还是要找门当户对的。但他还是去了，因为母亲一直劝他去碰碰运气，他也想知道万家为什么会有那么奇怪的条件？

葛青只带了一包葛粉，装在篮子里。篮子是葛藤编的。母亲手巧，没事时就喜欢编东西。不仅篮子，他穿的蓑衣、鞋子，也都是母亲用葛藤编的。葛粉是自家做的。山上葛根多，粮食不够时就用葛粉充饥。

葛青到万家时，前面已经排了很多人。每个人都带着葛粉，有用篮子提的，有背在身上的，有让人挑来的，更有赶马车拉来的。像葛青这样只带一包葛粉来的，只他一人。葛青自己先把自己否定了。

应招的人逐个被请进客厅，又一个一个垂头丧气地出来。外面的人问，万小姐到底多漂亮呀？出来的人说，根本没见着，只让我把葛粉留下，我又不是来卖葛粉的，这不是耍人吗？

葛青进了客厅，看到一位老人端坐在太师椅上。

葛青把篮子放在老人面前，老者拿起篮子反复地看。葛青不知道那篮子有什么可看的，实在太普通了。如果说有特别之处的话，就是篮子的提手上刻有一只鸟。这是娘的习惯。南山上二十几户人家，都会编篮子，娘怕弄混了，每编一个篮子，就刻一只鸟。后来就成了习惯。不仅篮子，娘编织的东西上都有。

老人问，这篮子是从哪儿买的？

葛青说，我娘编的。

老人说，我一直在等你。

葛青觉得像是在听书，自己竟成了书里的主角？可他却不知道书里的故事。

老人就说起了故事，十五年前的故事。

那时候，还算年轻的老人独自游历南山。正午的阳光毒蛇一样咬人，老人渐渐觉得头晕眼花、四肢无力。莫非中了暑，抑或中了瘴气？老人预感到不好，看到远处有户人家，强打着精神向那户人家走去。但他没能走到那户人家，就晕倒了。

醒来后，老人发现自己躺在一张床上。床实在是旧，一翻身，就吱吱呀呀地响。再看那屋，低矮、潮湿，室内一张小木桌，两个当凳子用的木墩，一个盛粮食的囤，两个篮子挂在墙上，再没有其他东西了。老人看了不由一阵辛酸。

一个妇人牵着个两三岁的男孩进来，妇人调了一碗葛粉，让老人吃。老人未见过葛粉，只觉得滑滑的，有一股清香之气。妇人说，这东西好，就是它救了你。

老人室内室外看了看，停在空空的粮囤前，这日子怎么过呀？

妇人说没粮食了就吃葛根，再没吃的了，邻居会接济他们孤儿寡母。可大家都穷，都常常饿肚子。妇人感叹道，什么时候大家都能吃饱饭就好了。

老人的身体好了，决定离开。妇人拿了一个篮子，装了几包葛粉，让他带着。老人不忍，妇人说，天热，带上葛粉，可以防中暑。老人拗不过妇人，只好带上。那个篮子上也刻着一只鸟。老人说，找一定会回来报答你的。

这么说，你这次是专门来报答我妈的？葛青问。

我相信，你母亲教出来的孩子不会差。老人说。

老人宣布葛青成为他的女婿时，众人一阵骚乱。老人又宣布，为了表示感谢，所有人带来的葛粉，万家都高价买下。众人还是愤愤不平。老人又说了一遍十五年前的故事，讲得声情并茂。

这故事迅速传开了。

葛青与万小姐成亲的前三天，宋军与金兵在北山打了一仗。南山、北山都是当地人的叫法，因为它们分别位于 F 城的南北。北山有瘴气，人们轻易不敢进去。宋军诈败，把金兵引进北山。金兵中了瘴气之毒，死的死，昏的昏，被宋军全歼了。

葛青听老人讲完，问，宋军为什么没中瘴气？

因为宋军将士提前服了葛粉，葛粉可解瘴气之毒。老人说，我的那些葛粉全都悄悄送给了宋军。

葛青还是不明白，宋军需要葛粉，为什么不自己去买？

因为金国的奸细无处不在，老人说，如果宋军大规模购买葛粉，一定会引起金兵的怀疑，他们就不会中计了。

这么说，所谓的招亲只是一个幌子，如果你反悔了，我可以退亲。葛青说。

老人说，不，我之前专门打听过你。

没有季节可以错过

◀ 彩刀舞

离开朱家班后，方明不止一次感慨，他学彩刀舞的时机实在
有问题。

彩刀舞是一度流行于颍州的表演艺术，演员们身穿花花绿绿
的服装，手拿道具，进行杂耍般的表演。因为道具主要是刀，所
以称之为彩刀舞。

各个彩刀班表演内容都不一样，一般都有一两样绝活。没绝
活的都已淘汰了。

朱家班是靠真功夫吸引观众的，他们有一个响亮的口号：样
样都是真功夫。也确实是真功夫。比如拦腰斩，两个演员对打，
一个拦腰一刀砍下去，血喷涌而出。观众也知道是假的，被砍者
腰间有个袋子，里面装着血浆，但仍愿意看，因为这是功夫。砍
的人力度得拿捏得恰到好处，轻了，袋子砍不烂，血喷不出来；
重了，就会伤到演员。再如砍鼻头，两个演员踩着鼓点、跳着舞
持刀打斗，一人鼻尖粘一个蚕豆大小的面团，另一人一刀下去，

面团落下，恰好不伤鼻尖。还有一样刀尖旋，只有班主朱金光一个人会。两把刀，一把刀尖朝上，另一把刀尖朝下，刀尖对刀尖，朱金光摇动下面的刀，上面的刀飞速旋转，许久不停。不仅直上直下，刀身还可以倾斜着旋转，斜至四十五度刀仍不落，实在不可思议。

方明跟朱金光学艺前是个叫花子，是被朱金光收留的。方明学习刻苦，起早贪黑练，练得浑身是伤，但总算学有所成，并且隐隐有超越师父之势。比如砍鼻头，他可以先翻三个跟头再砍。翻第三个跟头时，人在半空，刀举起，人落地，刀也落下。唯有一样不会，那就是刀尖旋。师父从来不教。不仅不教，那刀摸都不让方明摸，表演完就收起来，谁也不知道藏在哪里，不像其他道具，都由方明保管。

方明知道师父的脾气，师父不主动教，他也不敢求，就变着法套师弟朱俊的话，看师父有没有私下里教过他。朱俊是朱金光的独子，也跟着朱金光学艺，但下苦功不够，明显不如方明。朱金光不知骂过他多少回，甚至打过好几次，可他依然故我。朱金光曾经恨恨地说："朱家班早晚要毁在你手里。"朱俊脖子一梗，说："谁不知道你疼师兄，要毁也毁在师兄手里。"

朱俊也不傻，见方明套话，阴阳怪气地说："你就不该问我，你好像才是我爹的亲儿子。"方明红着脸低下头。

方明就偷偷练。上来没有敢用真刀，他做了两木刀。刀尖太细，根本没法旋转，更别倾斜着转。

有一次，方明正在偷偷练习，恰好被师父看到了，师父用眼白狠狠剜了方明一下，转身走了。方明傻傻地在原地站了半天，才想起来追师父。赶到师父住处，师父正让人把他的东西打包。方明知道这是师父要赶自己走，扑通跪在地上，把两把木刀折断，两只手不停地抽自己耳光。师父冷冷地看着，许久才说一句："起来吧。"方明慢慢爬起来，垂手肃立。

之后不久，师父过寿，方明把这些年一分一厘攒下的钱都拿出来，给师父买了礼品。师父笑呵呵收下。

席罢，师父让人搬来一把太师椅，让方明坐下。方明不敢，师父把他摁在太师椅上，方明忐忑不安地坐在椅子上，眼望着师父，身子僵硬。师父让朱俊给方明磕头，说："将来，你这个师弟就托付给你了。"方明忙跪在地上给师父磕头，又拉住师弟的手对师父说："假如只剩一口饭，我会先尽着师弟吃。"

方明以为，师父这是要把绝技传给自己了，就焦急地等。等了两年也没有。

这时，彩刀班已不剩几家了，除了朱家班，生意都不好。有人高价挖方明，方明不敢去，他不敢与师父作对。

又过两年，师父还是没教方明刀尖旋，方明鼓动两个小师弟跟他去了江南。除了刀尖旋，其他项目方明演得不比师父差。可惜离了颍州，几乎没人看彩刀舞，方明苦苦撑了一年，只好放弃彩刀舞，跟着一个杂技班学杂技。

又过了一年，方明杂技尚未学成，有一天，师弟朱俊来找他，交给他一个贴着封条的木箱，说是师父临终前让交给他的，说让他独自打开。

方明打开，是两把刀，师父表演刀尖旋的两把刀。方明颤抖着拿起刀，发觉刀尖有异，细看，一把刀上有机关，一按，刀尖上伸出一根钢针，另一把刀尖有一个小孔。原来所谓的刀尖旋，不过是骗人的玩意儿，下面刀上的针插进上面刀尖的孔中，自然可以旋转。

方明倒地大哭。哭师父，也哭自己。

朱俊走过来说："爹说让你回朱家班当班主。"

方明沉吟片刻，说："彩刀舞早晚会败，你跟着我学杂技吧。"

朱俊说："我知道我功夫不行，但也不能让朱家班在我手里毁了。"

方明就把那两把刀交给朱俊，说："但愿它能帮你多撑一段时间。"

彩刀舞没落得很快，只有几年时间，颍州也没有人看了。方明的杂技却独树一帜。后来，他又回到颍州，成立了一个杂技班，还叫朱家班，班主是朱俊。

◀ 刘伯温与朱元璋

早朝，太祖朱元璋端坐在龙椅上，目光扫过众人，用雄浑的声音说道："诸位爱卿，有本奏本，无本退朝。"声音中充满了威严，全没有往日的亲切感。

刘伯温心中一沉。这是朱元璋登基后的第一个早朝，昨夜苦思一夜想出的安定天下的十条大计，现在要不要提出，他不由得犹豫起来。此时，一向吊儿郎当的武将胡大海走了出来，冲着朱元璋哈哈大笑，说道："皇上，我有几句话要说。"说着，作势欲行叩拜大礼，却并不真的跪下。朱元璋哈哈一笑，说道："胡爱卿劳苦功高，大礼就免了。"胡大海就势挺直了身子。

朱元璋满面含笑说道："这样好，这样好。"刘伯温虽然低着头，但却敏锐地发现，朱元璋说这话时面色一冷，虽然只是一瞬，却深深地印在刘伯温的心中。胡大海说了些什么，刘伯温没有听清楚。

待胡大海退下，刘伯温低头弓腰走了出来，双膝跪倒，双掌及小臂贴在地上，恭恭敬敬地叩了九个头。叩完头，刘伯温把头略略抬起，就看见朱元璋脸上充满舒心的微笑，于是他说道："陛下，如今天下已定，四海升平，微臣年老体衰，不能操劳，恳请陛下准许老臣告老还乡，颐养天年。"朱元璋眉头舒展，但略一沉吟，却没有同意，反说道："刘爱卿乃国家之栋梁，怎可轻易言退，朕还要靠你来治理天下呢。"朱元璋说完，就升了刘伯温的官——其实只是一个虚职，实权反而没有了。

刘伯温就天天喝酒，一喝就喝得烂醉，甚至醉得三天三夜不醒。朱元璋几次去看刘伯温，刘伯温都醉得不省人事，失了君臣之礼。朱元璋却并不生气，脸上反而露出了微笑。

当然，刘伯温也有清醒的时候，醒了就抱着一副围棋找人对弈。朱元璋也是棋中高手，刘伯温有时也找朱元璋对弈。开始，他和朱元璋差距较大，但不久两人棋艺就越来越接近了。朱元璋笑道："看来刘爱卿最近在棋上下的功夫不小呀。"刘伯温答道："其乐无穷呀。"朱元璋说道："可你也要常操心着国家大事，朕离了你还真是难以治理这个国家呢。"刘伯温说道："陛下过谦了。陛下才智过人，臣不及万一。况且'棋乐无穷'，臣实在是无暇他顾呀。""怕不全是吧？"朱元璋竟笑了出来，"我听说你把胡大海新买的歌女小桃红都硬要走了？""酒、棋、女人样样其乐无穷，臣愿长醉其中不愿醒，其他事都无趣了。"刘伯温说着，贪婪的目光竟在朱元璋身边的两个宫女身上扫来扫去。朱元璋故意把脸一沉，说道："刘爱卿难道连朕身边的人也想要不成？"刘伯温连忙跪倒，口中说道："微臣不敢。"眼睛却仍在那两名宫女身上扫来扫去。朱元璋说道："既然刘爱卿喜欢，我就把这两个宫女赏给你吧。"刘伯温连忙谢恩。从此，刘伯温和那两名宫女夜夜笙歌。

励精图治的徐达闻听刘伯温的变化，说道："你怎能如此沉沦呀？"刘伯温笑而不答。不久，朱元璋火烧庆功楼，徐达、胡大海等一批随朱元璋转战南北、劳苦功高的大功臣都被活活烧死，而功劳最大的刘伯温却被准许辞官养老，并得到了一大笔赏赐。

过了一段时间，刘伯温真的老了，身上又长了一个大大的毒疽，多方请人医治，终是不好。刘伯温自知大限将至，遂叫人把他写的十条安定天下之策进京呈送给朱元璋。朱元璋看完，长叹一声道："不愧是刘伯温呀。"遂细细问了刘伯温的情况，听说刘伯温身上长了疽，表示了一通慰问。

刘伯温的家人刚到家，朱元璋派的钦差也到了，传旨说皇上赏赐刘伯温一条清蒸鲈鱼。刘伯温接过那盘鱼，老泪纵横。身上长毒疽的人不能吃鱼，否则立即毒发身亡，这一点，刘伯温当然清楚。刘伯温艰难地站起身，盯着那条鱼看了半天，突然身子一晃，摔倒在地上，死了。

◀ 曾国藩杀弟

　　湘军组建初期，纪律涣散，违纪现象时有发生，战斗力很弱。曾国藩心中奇怪，军纪也不算不严，处罚的人也不算少，可违纪事件为何就层出不穷呢？一番明察暗访，曾国藩终于知道，虽然处罚了很多人，但都是普通士卒，对那些军官极少处罚，偶尔有，处罚也很轻，对高级将领更是不闻不问。因此，军官不怕，士兵不服，所以违纪现象也就禁而不止。

　　了解这些，曾国藩明白了，要整顿军纪，必须从高官开始，最好从他最亲近的人开始。可拿谁开刀呢？他只有一个弟弟在军中，曾国藩是无论如何也下不了手的。烦恼之中，曾国藩突然看见了胡四。胡四是曾国藩奶妈的儿子，曾国藩是奶妈一手带大的，他与胡四从小玩到大，一直以兄弟自称。

　　曾国藩请胡四喝酒。曾国藩一杯接一杯地喝酒，却不说话。

　　胡四说："哥，不能再喝了，你有什么烦心事就说出来。"

　　曾国藩还是不语，又倒了一杯酒，一饮而尽。曾国藩再倒酒，胡四按住杯子，说："哥，我们是兄弟，你有什么事不可以和兄弟我说？"

曾国藩叹了一口气，说："整顿军纪，难啊。"说着又要喝酒。

胡四拦住他，说："哥，难在哪里？你说。"

曾国藩又叹了一口气，慢慢地说出自己明察暗访得出的结论，说："难就难在不知道拿谁开刀呀。"

胡四也不说话了。

曾国藩又倒满一杯酒，说："没人能帮我呀，我这湘军注定只能是一支烂军。"说完，端起酒杯，准备一饮而尽。

胡四夺下曾国藩的酒杯，一仰头，饮尽那杯酒，说："哥，那就拿我开刀吧，谁让咱们是兄弟呢？"

"那就委屈兄弟了。"曾国藩说着，为胡四倒了一杯酒，替胡四端起，"明天，你先受八十军棍，过后我升你的职。"

"什么？八十军棍？"胡四脸色煞白，浑身发抖，不敢接那酒杯。

曾国藩拍了拍胡四的肩膀，说："你先找行刑军士安排一下，还怕那几棍吗？"

胡四知道，杖罚时，有时听着声音很响，受杖人却并不感到痛苦；有时声音虽不大，却实实在在打在人身上，几棍下来就皮开肉绽。这一切，全在于行刑的军士。曾国藩让他安排，胡四也就放心了。于是，他接过酒杯，一饮而尽。

第二天升帐，胡四迟到，曾国藩手拍桌案，说："拉下去，重责八十军棍！"

胡四高呼："求你看在我们兄弟情分上，饶我这一次吧。"

曾国藩凛然道："军纪如山，没有亲疏。"

胡四被拉了下去。不一会儿，啪啪的军棍声和胡四的号叫声一同传来。曾国藩故意发狠喊道："给我狠狠地打。"然后又冲众将说道："再有违反军纪者，胡四就是你们的榜样。"

再看众将，依然站得歪歪扭扭，脸上全无惧色，居然还有人窃窃私语。

曾国藩一愣。但他很快就明白了，那军棍声空而不实，胡四的号叫响而不惨，众将心中明白，那是假打而已。

曾国藩心中一动。

不一会儿，军士架了胡四回来交差。曾国藩亲自验伤。验伤完毕，曾国藩回到座位，正了正衣冠，坐正。然后一拍桌子，怒道："大胆胡四，竟敢收买军士，假施杖刑，糊弄本帅；行刑军士，私受贿赂，徇私枉法。来呀，把这三人推下去斩首示众。"

胡四和行刑军士连连求饶，大呼冤枉。曾国藩扭头不理。众人慌忙跪倒，给胡四求情。

曾国藩喝道："再有求情者，与胡四等人同罪。"

不一会儿，胡四三人人头落地。曾国藩扫视众将，众将噤若寒蝉，个个笔挺站立，纹丝不动。

从此，曾国藩痛下重手，严整军纪，湘军终于成了一支纪律严明、作战勇敢的部队。

没有季节可以错过

133

◀ 故事治病

　　王大虎等一个人，等得心烦气躁，不由踱来踱去。对面一个老人一直盯着他看，看得他不自在。他没好气地问："我脸上有字？"

　　"有病，不治会很严重。"老人很严肃。

　　王大虎很想冲老人骂一句，但他忍住了，他不想节外生枝。

　　"我能治。"老人又说。

　　王大虎拍拍腰间硬硬的东西，说："看走眼了吧，这可不是钱。"

　　"不要钱。"老人说，"我不用药，我用故事。"

　　王大虎来了兴趣，往前凑了两步。

　　老人说起了温神医的故事。

　　望闻问切，温神医只一个"望"字就能把病人的病看个八九不离十，尤其善治疑难杂症。

　　这一天，天刚黑，一辆马车来到温神医家门前。

马车上下来两个人，看着装，一个是捕头，一个是捕快。两人抬着一个昏迷的病人。温神医看出这是个垂死之人，他给病人把脉，很快，紧皱的眉头舒展开来，说："还有救。"说这话时，温神医发现捕头的脸上露出了笑容，可捕快却明显焦躁起来。

温神医来不及多想，打开药箱，取出银针。室内的光线太暗了，温神医又点了两盏灯。灯光照亮了屋子，也照亮了病人的脸。

是魏三，一个杀人越货、罪行累累的大盗。

温神医把银针放回药箱，冲捕头拱拱手说："你们走吧。"

捕头说："你是神医，怎能见死不救？"

温神医说："他是该死之人。"

捕头还要说话，温神医缓缓解开上衣，露出一道长长的伤疤。

两年前，魏三曾到温神医家里抢掠，临走时还给了温神医一刀。那一刀，让他在床上躺了半年。

"你觉得我会救他吗？"温神医冷冷地问。

捕头说："你不救，他活不到县衙。"

"这种人早死一刻是一刻。"温神医说。

捕快拽了拽捕头的衣襟说："现在快马加鞭赶回去，子时前还能赶到县衙，再晚真就误了老爷给的最后期限。那样，咱们都得挨板子。"

捕头甩开捕快的手，盯着温神医说："他得回去接受审判。受害者可不止你一个人，其他人还等着看他伏法呢。"

捕头的眼神真诚啊，就是这眼神让温神医忽然变卦了，他又拿出了银针。

后来，温神医常常后悔，自己当时怎么就魔怔了呢？让魏三又活了那么久。

魏三被押上断头台那天，温神医也去了现场。

他原本以为，魏三一定会立而不跪，还会大叫："十八年后老子又是一条好汉。"这样，他就可以指着魏三质问捕头："就这样的恶魔，你为什么要让他多活几个月？"可是，魏三居然跪下了，给捕头磕了个头，然后冲围观的人高呼："我有罪，我该死。"

认罪了，魏三居然认罪了。温神医觉得一股积压在心头许久的闷气突然就呼了出来，人瞬间轻松了。

返家时，温神医居然哼起了两年多没哼过的小曲。

老人说完，盯着王大虎问："你难道今后不想再哼小曲了吗？"

王大虎默默地掏出腰间的刀，扔进旁边的河中。老人背起药箱，哼着小曲走了。王大虎向县衙走去，自己要等的那个人，还是让县衙处置吧。

◀ 神医归来

肖玉楼看见了一个人，一个五年前被他医死的人。

那人下意识地想躲开，但看肖玉楼正直直地盯着他，就僵在了那里。那人说，我还活着，你好像并不惊讶。

肖玉楼淡淡一笑。

肖玉楼是远近闻名的神医。"玉楼出手，药到病除"，连几岁的孩子都知道这句流传甚远的话。事实上也的确如此，无论多重的病，只要肖玉楼还给你开方子，那就还有救。若肖玉楼摇了头，病人就死了心，回家等死了。在当地，肖玉楼就是一尊神。

但这尊神却差点毁在这个人手上。

那天，肖玉楼的诊所来了一个女人，破旧的衣服，满身的灰尘，一脸的焦急。女人进屋就跪在地上说，肖神医，求求你去救救俺当家的。原来，女人的丈夫得了病，起初并不重，请了几个医生，却越看病越重，如今已奄奄一息了。

肖玉楼平时以坐诊为主；也出诊，一般都在方圆十里内。女人住在几十里外，这么远的距离，肖玉楼极少出诊。但见那女人一脸的渴求，肖玉楼稍一犹豫，还是随着女人去了。

病人躺在床上，身上盖着厚厚的被子，眼已睁不开了。肖玉楼看了看病人，开始给病人把脉。中医讲究望闻问切，但肖玉楼常常只用一个望字，病情复杂时才把脉。肖玉楼把脉极快，往往病人才感到他的手搭在自己手腕上，他就已结束了。神医就是神医。这天，肖玉楼的手在病人手腕上一搭，眉头皱了一下，但随即恢复正常。然后，他就开了个方子，递给女人说，去抓药吧。

女人的眉头展开了，出门时又回头问了一句，都是什么药，得多少钱呀？

肖玉楼明白女人没钱了。以前肖玉楼也常遇到这种情况，就不收病人的钱，病人什么时候有钱了再给。他从不催要。有的病人能拖上几年才付清费用，有的实在困难，肖玉楼就给免了。肖玉楼说出那几味药的名称，好在都不太贵。你先赊着吧，肖玉楼说，要是赊不着，就去我那儿抓吧。

女人虽不识字，但对药还是略有了解，疑惑地说，之前的大夫都说俺当家的得的寒证，你怎么开的是治热证的方子？

肖玉楼说，他手足冰凉，腹痛腹胀，看似寒盛证候，但脉搏气势流畅，里热壅盛，这是似寒实热。女人迟疑道，他们都错了？肖玉楼仰头看向屋顶，说，他们也配当医生？你放心抓药吧，三天后若还不好，我倒贴你十块大洋。

几日后，女人再次登门。我当家的死了。她声音很轻，像枯叶随风而落。肖玉楼好似寒冬腊月耳边突然响起炸雷，整个人立刻呆住了。

肖玉楼再次来到女人家中，女人的丈夫果然已死了。我治死人了？我治死人了！肖玉楼面色死灰，目光空洞。

肖玉楼把一百块大洋交到女人手上时，女人躲闪着肖玉楼的目光，把头埋得很低。

回到家中，肖玉楼立刻摘掉了肖氏诊所的牌子，从此不知所终。

一年后，肖玉楼才回到家乡，重又挂起肖氏诊所的牌子。肖玉楼完全没有了神医的派头。望闻问切，每一样他都很认真，方子开好，他会再看一遍才交给病人。碰到危重病人，他还会亲自煎药。但他很少坐诊，常常背着药箱四处游历。

他其实是在找一个人。

现在，他终于找到了这个人。肖玉楼盯着那人，见他衣衫褴褛，蓬头垢面，分明变成了乞丐。你不是有一百块大洋吗？肖玉楼问。

那人说，早被我败光了。

肖玉楼说，我一直想不明白，你到底用了什么高明手段，能在我面前诈死成功？

死的是我双胞胎哥哥。那人说。

竟然是这样啊。肖玉楼说着，一脸疑云终于散去。

那人低下头说，都怪我鬼迷心窍。我老婆听说你离家出走后，天天和我生气，不久就气死了。我也没脸待在村里……

肖玉楼挥挥手说，不说这些了，你身上是不是哪里不舒服？

那人点点头。

没有季节可以错过

肖玉楼说，怪我当年医术不精，又把脉不细。其实我当时就已发现，你的脉象与一般滑脉有细微差别，却想当然地认为是你连续服错药所致。误以为治死了你，我摘掉诊所牌子，遍访名医，苦读医书。一年后我才知道自己错了。你的身上应有两种热证，我只治了一个。但我能确信没有医死你。你身上应该还有一种我没见过的病，我找你，就是为了治好它。

那人扑通跪倒在地。

◀ 摆　渡

那时候汝河上桥很少，行人过河多靠人摆渡。老乔就是一个摆渡人。

老乔每天天刚亮就到了河边，天黑透才回家。无论冬夏阴晴，从不间断。收费很低，大人两文，小孩一文。若带的东西多，另加一文。有人实在没钱，就不收。本村人大多当时并不给钱，到了春节给点儿粮食，多少老乔都不计较。

老乔年轻时做过两年和尚。后来他出家的寺庙因战乱被毁了，他才在汝河边摆渡。渡河的人并不是很多，老乔每天有一些闲暇时间，他就在河边打坐；或者看书，多是佛教的书。看，也喜欢讲，摆渡时，老乔就常和人谈佛教，都是一些因果轮回教人向善的内容。人们都觉得，老乔还是一个和尚。

这一天，老乔看书时，忽然看见村里的方向冒起浓烟，像是起了火。老乔决定破个例，提前回去看看。

这时，突然冲过来几个人，跳到船上，大喝："快开船！"

老乔数了一下，一共七个人，个个目露凶光，显然并非善类。老乔双手合十，念一声"业障不消，福报不来"，举起桨向对岸划去。那几天，上游地界显然下了大雨，汝河水大涨，水流也急，船划得很艰难。那七个人不停地催促快点儿。

船划了七八丈远，岸边追来一群人。是官兵。官兵在岸边喊："船家，快把船划回来，船上是杜老四手下的土匪。"老乔其实已经猜到他们是土匪，也猜到他们刚去他的村子抢掠过。只是他没想到，他们会是杜老四的手下。杜老四时常带着手下百十号人到阜城周边抢掠，每次都是骑着马，速战速决。这次不知为什么杜老四没有来，只来了七个喽啰，而且没有骑马。

老乔就停止划桨，回头看向岸边。这时，他感到脖子后面一凉，一柄刀架在了他的脖子上，一个声音恶狠狠地说："不准停，快划！"

老乔口中念着"前世因今世果，今世因来世果"，又开始划桨。

官兵又喊："把船划回来，抓住土匪重重有赏。"

老乔又停顿了一下，回头向岸上望，就听身后有人说："你不要命了！"老乔朗声说："放下屠刀，立地成佛。"又向官兵的方向说道："救人一命，胜造七级浮屠。"说罢继续划桨。

这时，一个浪头打过来，船身立刻剧烈地摇晃起来。老乔急忙调整船头方向。这浪虽然凶险，老乔却是不惧，毕竟见得多了。只是这时，他的脖子猛地一疼，一股鲜血立刻顺着脖子向下流。原来，土匪误以为他要掉转船头，划破了他的脖子。因这猛地一疼，老乔紧绷的力量瞬间泄去，船身失控，立刻翻了。老乔和土匪全落了水。

老乔会游水，很快游到岸上。

官兵中已有人下了水，去抓土匪。七个土匪当时淹死了四个，剩下三个被轻轻松松活捉。

活捉的土匪也没有好下场，很快被砍了头。连同那四个淹死的，七颗头颅被挂在城门口，供人观看。官府派重兵看护，生怕杜老四派人来抢。一连七日，却安然无恙。七日后，那七具尸体连同头颅被扔在城外乱葬岗子，杜老四也没派人去收尸。

倒是老乔把他们埋了。

老乔还给他们念了一通《往生咒》。

村人不解，问老乔："你不知道他们是土匪？你不知道他们刚刚抢了咱们村？"

老乔说："我年轻时也当过土匪。"

众人皆愕然。"那时实在没吃的了，只好去劫路，没想到居然劫了个和尚。"老乔长舒了一口气，接着说，"好了，我终于把这段经历说出来了。

老乔又说："一念放下，万般自在。"这样说时，老乔一脸平静。

◀ 剪　纸

　　汝河桥少，渡口多，老乔靠摆渡为生。

　　摆渡的人往往话多，老乔却不。老乔爱盯着人看。那眼睛，仿佛长在对方身上，让被看的人很不舒服。坐船的人常常躲着他的目光。也有不躲的，怒目而视，或者干脆呵斥他几句，老乔就把目光拽开。一旦对方不看他了，老乔又会盯着对方看。为此，还起过多次纷争，甚至挨过两次打。但老乔依然如故。

　　晚上回到家，老乔喜欢剪纸。老乔不识字，也没有学过剪纸。但颍州剪纸之风很盛，很多人都会剪纸，老乔看着看着就会了。因为没有拜过师，老乔剪纸没有什么流派，有点随心所欲。颍州剪纸，多以五谷丰登、六畜兴旺、年年有余等民间题材为主，花鸟鱼虫较多，如《丹凤朝阳》《月桂飘香》《老鼠嫁女》等。单独剪人物的很少。老乔却是剪人物。

　　油灯下，老乔仔细回想白天给他印象最深的人物，回想他的一举一动，一颦一蹙，想清楚了才动剪刀。起初剪得总也不像，但老乔不急，一遍又一遍地剪。时间久了，竟也剪得栩栩如生，人物形态各异。

绝大部分作品，老乔剪完就撕掉了。少数比较满意的，老乔留下来，偶尔拿出来自己欣赏。老乔从不把作品给别人看，因此没有人知道老乔会剪纸。直到有天晚上一个人到他家讨水喝。

那人叫小伍，是个剪纸艺人。看到老乔剪的人物，小伍大为惊异，非要拜老乔为师。老乔不肯，小伍就苦苦哀求。老乔无奈，给他做了两次示范。小伍学着去剪，却怎么也剪不像。又比照着老乔的作品去剪，却没神韵。

老乔说，你明天和我去摆渡吧。

小伍不解何故，但照做了。到了渡口，老乔说，你注意看每一个上船的人，告诉我他们是干什么的。小伍就很认真地看，却一个也看不出来。小伍问老乔，你能看出来？老乔点头。然后就一个一个地说，谁是种地的，谁是放牛的，谁是做生意的。小伍逐一核实，竟然一个不错。小伍大为惊异，问老乔是如何知道的，老乔说，看多了。

小伍跟老乔摆渡了一个月才离开。临走时，他要替老乔把剪纸作品卖掉。一定能卖个好价钱的，你就不用摆渡了，他说。

老乔没同意。老乔觉得摆渡的日子很好，也用不着太多的钱。

老乔也不慕虚名，不想让别人知道他会剪纸，他觉得那会打搅他的生活。但人们还是知道了老乔会剪纸的事，因为发生了一件事。

那天，渡口来了个人。那人背个布袋，神色有些慌张，一上船就催，快开船。然后，游移的目光就在老乔身上、船上瞥来瞥去。老乔看他的眼睛，他慌忙躲开老乔的目光，扭过脸去，却又偷偷回头扫老乔一眼。

老乔把那人送过岸后就奔县衙而去。路上，遇到一户人家被盗，几个捕快正在询问情况。老乔走过去说，我见过盗贼。捕快大喜，忙问盗贼长什么样？老乔说不明白，遂让人拿一把剪刀，简单几下，就剪出一个人来。捕快们接过剪纸，又问了老乔一些情况，追盗贼去了。

很快，一个捕快回来找老乔，说，按照老乔的剪纸，他们抓了三个人，却没见赃物。捕快请老乔去指认哪个是真正的盗贼。

老乔不去。老乔说，三个人你们都审，说不定会有意外收获。

真叫老乔说对了，三个人居然全是盗贼。

捕快问老乔，你是怎么知道的？老乔不答，只盯着捕快看，看得捕快不好意思起来。

◀ 正　骨

汝河渡口多，老乔在河上摆渡。

老乔收费很低。他不指望这个发财，饿不死就行。但依然有人给不起钱，那就记个账。也没有记账本，都在心里，还不还全凭对方自觉。所以老乔就很穷，但名声很好。

老乔名声好，不全是因为摆渡，还因为他会正骨。

说起来是很偶然的。

有一天，来了个年轻人要坐船。老乔的船还没完全靠岸，年轻人就匆匆跳上船。跳得太急，人就踉跄了一下，崴了脚，疼得哎哟叫。河北岸不远有个骨科诊所，医生苏月华非常有名，很多外地人都慕名前去看病。老乔说："你去苏月华那里看看吧。"

年轻人没有说话。老乔也没说话，默默地把船划到对岸。老乔问："能走吗？"

年轻人站起来，那只崴了的脚轻轻点一下地，人又"哎哟"一声。老乔说："我扶你去苏月华那里看看吧。"

年轻人慌忙说："不用，过两天就好了。"

老乔明白了，年轻人没钱。苏月华水平高，收费也高。有的人闪了腰、崴了脚，因为没钱，宁愿忍着。老乔把年轻人扶上岸，年轻人忍着痛走了两步，坐在地上。

老乔看了心疼，说："我给你揉揉吧。"于是给年轻人揉脚，三捏两晃的，年轻人的脚居然好了。

年轻人惊奇，老乔自己也惊奇。

不久，又一个渡河人崴了脚，老乔又试着给他揉，竟也好了。老乔发现，在这方面他很有天赋。

以后，再有人上下船时崴了脚、闪了腰，老乔就帮他们看，居然全好了。

渐渐地，老乔正骨居然有了点名气，有人专门去渡口找他看病。老乔基本上都不看，让他们是河北找苏月华："他才是医生，我是摆渡的。"偶尔也看过两个人，但不收钱。

有人恭维他，喊他乔正骨。老乔的脸严肃起来，说："别乱叫，我是摆渡的。"

有人就劝都老乔："你干脆也学苏月华，开个诊所吧。"

老乔缓缓摇摇头说："我是摆渡的，各有各的生计。"

这一天，河南岸来了一个中年人，戴着墨镜、口罩，架着拐杖，一瘸一拐来到渡口，见面就说："乔医生，我的脚崴了，帮我看看吧。"

老乔看看那人衣着，说："我不是医生，就一摆渡的。你去对岸找苏月华吧。"

"我专门来找你的。"中年人说。

"你的脚不是因为渡河崴的,我不看。"老乔说。

"也不是没看过呀。"中年人说,语气中有些不善。

"那些都是给不起钱的。"老乔说。

"我也给不起。"中年人说。

"给不给得起,你心里有数。"老乔说完,不再理中年人。

"你就忍心看着我这样痛苦?"中年人说着,夸张地"哎哟"一声。

老乔淡淡地说:"上船吧。"

中年人脸上滑过一丝诡异的笑容,上船,坐下,把脚伸给老乔。

老乔仿佛没看见一样,拿起桨,开始划船。

中年人拍了拍老乔,说:"先帮我看看吧,疼着呢。"

"苏月华的诊所不远。"老乔说着,继续划船。

船到北岸,岸边突然来了两个壮汉,瞪着凶神般的眼睛盯着老乔。

老乔心里咯噔一下,握紧了船桨。

船上的中年人摘下墨镜,冲他们使了个眼色,两个壮汉向后退了两步,让出一条道。中年人下了船,把拐杖递给一个壮汉,把墨镜和口罩递给另一个壮汉,转过身,冲老乔抱了抱拳,带着两个壮汉走了。一点也不瘸。

老乔待在渡口。

这时,又有两个人来到渡口。都是常客。一个人问另一个:"刚才那人是苏月华吧?"

"是他。"另一个答，又冲老乔说，"他该不是找你正骨的吧。"

来的两人都哈哈大笑。

老乔没笑，老乔想，摆渡的也可以正骨吧？

◀ 按图索骥

楚王想当然地认为，虎父无犬子，伯乐的儿子自然也会相马。所以，伯乐死后，他就把寻找千里马的任务交给了伯乐孙阳的儿子孙喜。

接到任务的那一刻，孙喜一蹦三尺多高。父亲生前一直说他不懂马，他也一直不服气。父亲写的那本《相马经》，他孙喜可是每一个字都背会了的，里面的插图，他也全都看了不知道多少遍了，可父亲仍然认为他不懂马，让他很不明白为什么？现在，楚王都请他来找千里马了，孙喜觉得，父亲相马虽然是一绝，可相人看来比楚王可差多了。

孙喜给父亲上了一炷香，说："父亲，陛下把寻找千里马的任务交给了我，我要证明给你看，我比你更懂千里马。"孙喜说完，怀里揣着《相马经》上路了。

有人给孙喜推荐了一匹好马。孙喜看了那马一眼，立刻说："这不是千里马。"马主人说："怎么会不是呢，它一天真的可以跑一千里路呢？"孙喜说："那也不是。《相马经》上说了，千里马高脑门，大眼睛，它的眼睛不大，肯定不是千里马。"

又有人给孙喜推荐了一匹马。孙喜围着那马转了两圈，然后翻开《相马经》，对照书上千里马的图像一张一张比对。然后，他摇摇头，遗憾地说："高脑门，大眼睛，蹄子像摞起来的酒曲块，这些都和书上说的一样，但可惜它不是千里马。""为什么呢？"马主人问。孙喜指着《相马经》对那人说："你看，你这匹马和书上画的所有马都不一样。"

孙喜继续前行。他的眼睛突然一亮，因为他看到了一匹马。那马高大威猛，矫健异常，而且和书上的一幅画非常像。孙喜连忙拉住马的主人说："让我看看你这匹马是不是千里马？"马主人说："不用看，它就是一匹千里马。"孙喜说："我是伯乐的儿子，我这里有我父亲写的《相马经》，所以，它是不是千里马还得我说了算。"马主人说："那你就好好看吧。"

孙喜翻开书，很快就翻到一幅画像，不由感叹道："像，像，真像。"马主人伸过头来看，眼睛也是一亮，说："你这书上怎么会画了我的马？"孙喜看看书上的画像，又看看眼前的马，看一眼，再看一眼。看了很久，突然，他露出失望的神情，说："太可惜了，它也不是千里马。"马的主人十分生气地说："你凭什么说它不是千里马？"孙喜指着马左耳边的一撮毛说："你看，书上画的这撮毛是红的，可它的是黑的。"马主人摇摇头，飞身上了马。那马像箭一般飞奔而去，眨眼间无影无踪。

孙喜跑了遍了整个楚国，回来向楚王报告，楚国没有一匹千里马。

楚王让人牵来一群千里马。"怎么说楚国没有千里马呢，它们不都是千里马吗？"楚王说。

孙喜看了看那些马，又看了看《相马经》，说："它们都不是千里马。"

楚王说："这些可都是你父亲伯乐给我找到的千里马呀？"

孙喜又看了看《相马经》，说："它们要是千里马，那我父亲的《相马经》就一定写错了。"

◀ 伯乐相马

伯乐善相马，天下闻名。

魏王也知道了伯乐，使人传话，让伯乐帮他寻找千里马。伯乐访遍很多地方，都没有见到心仪的好马。

一天，伯乐到了一农家，见主人正让一匹马拉磨。那马瘦骨嶙峋，走得也慢，主人不停地用鞭子抽打它。伯乐细看那马，只见它眼中精光四射；身体虽瘦，浑身肌肉却丝丝分明。伯乐确定那是一匹千里马。

主人再次抡起鞭子打它时，伯乐连忙拦住，说："这马你也舍得打？"

主人诧异地望了伯乐一眼，说："它连头驴都不如，有什么舍不得的？"

伯乐笑了笑，说："那你把它卖给我吧。"

主人也乐了，说："你愿意要就卖给你吧，我还是买头驴的好。"

伯乐买下那匹千里马，把它献给魏王。

魏王让一大臣去看，大臣很快回来，说只是一匹瘦马而已。魏王就问伯乐："你带来的真是千里马？"

伯乐说："我确信是。"

魏王又让另一大臣去看，回来也说是一匹瘦马。

伯乐说："他们不懂马，我懂。"

魏王说："我还是亲自看一下吧"

伯乐就带魏王去看千里马，魏王一看，"嗤"地笑了起："这就是你说的千里马？"

伯乐点点头："这确实是千里马，只是还要调养半年。"

魏王不耐烦地摆摆手，扔下一句"寡人的眼可不瞎呀"，转身走了。

有大臣对魏王说："伯乐名满天下，怎么会认不清马呢？"魏王说："今天看来，也只是徒有虚名而已。"

伯乐带着千里马来到楚国。楚王听说伯乐来了，派人请他相见。两人谈了整整一天，楚王说："以前久闻先生大名，今天一见，才知闻名不如见面呀。"楚王说完，看都没看那马，就买了下来，并且请伯乐留下亲自调养那马。

有大臣看了那匹马，对楚王说："陛下，您受骗了，那只是一匹普通的马而已。不，连普通的马都不如。"楚王笑而不答。又有大臣对楚王说："臣已调查清楚了，那马以前给人拉磨，还不如一头驴呢，肯定不是千里马。"楚王仍不为所动。有大臣索性把那马牵到楚王面前，说："陛下，你看这是千里马吗？"楚王说："寡人不懂马，但是寡人了解伯乐。"

半年后，那马膘肥体壮，毛发光鲜，日行千里而不觉累。

后来，楚魏交战，魏军败，魏王乘良驹逃走。那马脚下生风，远远地把众人抛在身后。魏王正庆幸有一匹好马，忽听身后马蹄声响，魏王回头，只见一匹快马闪电般飞到眼前。

被俘后的魏王还不敢相信世上有那么快的马。他仔细揉了揉眼睛，依稀认出，那是伯乐曾经献给他却被他拒绝的马。

◀ 及瓜而代

齐襄公带着众人打猎，突然有人来报，说葵丘的守将死了。没有守将怎么行呢？齐襄公问谁愿意去守葵丘，众人都不说话。那个地方既艰苦又危险，谁愿意去呢？齐襄公环顾四周，看到了连称和管至父，说："就你们俩去吧。"

连称、管至父不说话。

齐襄公的脸阴沉得像熟透的紫茄子，说："怎么，不愿意？"

连称、管至父问："那我们要驻守到什么时候呢？"

齐襄公的目光从他们头顶迈过去，落在不远处的一块瓜地里。此刻，瓜正熟。齐襄公自顾自走进瓜地，众人忙跟了过去。齐襄公摘了一只瓜，拔剑切开，给连称、管至父各一块。

二人捧着瓜，却不敢吃。

齐襄公说："明年这里瓜熟的时候，我就派人去替换你们两个。"

连称、管至父齐问："真的？"

齐襄公说："君无戏言。"又说："你们也要保证忠于我呀。"

连称、管至父神色庄重，齐声说："我们誓死效忠国君。"

齐襄公哈哈大笑："好，好。"

连称、管至父就开始驻守葵丘。大大小小的战斗打了好几场，终于又到了瓜熟的季节。二人翘首期盼，等待齐襄公派人来替换他俩。等了整整半个月，二人脖子也酸了眼也花了，却不见有人来替换他们。

莫非齐襄公忘了？二人一商量，决定提醒一下齐襄公，就让人带着一个熟透的瓜去见齐襄公。

齐襄公狡黠地笑了笑，对来人说："那就让他俩回来一趟吧。"

连称、管至父回来了，齐襄公又带他俩去打猎。还是去年的地方，又见到去年的瓜地。齐襄公说："走，咱们吃瓜去。"

连称、管至父跟着齐襄公到了瓜地，却惊讶地发现，那么大一块瓜地，居然全是瓜秧，没有一只瓜。他们哪里知道，瓜秧刚一开花，齐襄公就让人把花儿全摘了，哪里还会结瓜呢？

齐襄公嘿嘿一笑，说："我说过，这里瓜熟的时候，就派人替换你们两个回来，现在瓜还没结呢，你们急什么呢？还是回去驻守葵丘吧。"

连称、管至父对望了一眼，什么也没说，上马回葵丘去了。马蹄踏在路上，发出沉闷的声响，如同呜咽。

齐襄公的侄子公孙无知，因为齐襄公处处刁难他，决心除掉齐襄公。公孙无知求连称、管至父与他一起谋反，二人没怎么犹豫就答应了。

经过一番精心准备，连称、管至父带领军队打到了国都，拥立公孙无知为新国君。齐襄公用手指着连称、管至父，质问道："你们发誓要效忠于我的，你们忘了吗？"

连称、管至父嘿嘿笑了笑，说："我们只说过誓死效忠国君，没说过要效忠于你。"二人说着，用手一指公孙无知："我们现在的国君是他。"

◀ 惊弓之鸟

蓝天，白云，秋风。

一群人仰头看天，好像在寻找什么目标。的确，他们在寻找大雁。这样的时节，这样的天气，在这个地方，大雁是很多的。但他们绝不单纯是为了射雁，更是一场温情脉脉的较量。

他们之中有两个人，一个叫卫成，是秦国的神射手，射箭本领据说天下无双。一个叫更赢，是楚国的大将，也练有一手百步穿杨的功夫。虽然他们来自不同的国家，但此刻他们表面上却谈笑甚欢。他们在看似十分融洽的气氛中进行一场射雁活动。但其实大家都明白，他们的较量绝不是个人箭术的较量，他们其实代表着两个国家。

更赢的压力其实更大。因为他深知，他绝不是卫成的对手，想打成平手都难。但更赢不能输，绝不能输。卫成的这次到来，表面上是一次普通的两国的军事将领的互访，其实是一种军情的刺探，是一种军事的威胁。更赢只有以绝对优势战胜卫成，才能

没有季节可以错过

让卫成不敢轻视楚国，才能让秦国暂时打消进攻楚国的念头。

这是一场输不起的比赛。

更赢仰头望天。一只哀鸣的孤雁从头顶飞过。更赢看着卫成，说："卫将军请。"

卫成看了一眼那只大雁，摇了摇他那高傲的头颅，说："还是更将军请。"

更赢笑了。这是他意料之中的结果，也是期待着的结果。高傲的卫成绝不会去射这样一只孤雁的。他的箭射出，一般都会有两只大雁落下，甚至更多。在这样的场合，他怎么会为一只孤雁射出他高傲的箭呢？

但更赢却拉起了弓。

更赢同样有能力一箭射下两只大雁，但那又有什么用呢，顶多与卫成打个平手而已。甚至平手都难。

他必须一击而胜，让卫成心服口服。

于是他拉开了弓，虽然只有一只大雁。

更赢永远不会让高傲的卫成知道，眼前的这只大雁是他让人悄悄放飞的。

这是一只受伤的大雁。它曾是更赢的猎物。与它一起成为猎物的，还有很多大雁。在它的面前，更赢射出一支又一支的利箭。每一支箭射死一只大雁。一个个同伴的死亡让它心惊胆战，让它两腿发抖。

于是更赢就挑中了它。更赢也给了它一箭，却没有射中要害。但它却几乎吓死，因为它已经成了惊弓之鸟。更赢要的就是这种结果。

更赢的弓拉得很满很满，满如圆月。然后松开。弓弦发出尖锐的响声。

那只大雁听到弓弦的声音，拼命向高空冲去，于是拉开了伤口，掉了下来。

楚国的士兵齐声欢呼。

高傲的卫成撇了撇嘴："就一只大雁而已。"

更赢呵呵笑了，说："的确只有一只大雁。但我没有用箭。我们楚军不用箭也能射杀猎物。"

卫成拾起那只大雁，大雁身上的确没有箭。卫成望着更赢，脸上布满了惊疑和恐怖。

有雁队从头顶飞过。卫成叹了口气，始终没有射出一支箭。

此后多年，秦国一直没敢进攻楚国。

◀ 老马识途

冷风不停地吹着，山上枯黄的草木随着冷风摇摆，响应似的发出呼呼的响声。齐桓公紧了紧衣服，还是觉得冷，透骨的冷。环顾四周，山连着山，山套着山，所有的山都是一个模样，让人分不清东西南北。大军已经在这群山里转了三天，还是没有找到出山的路。士气已经低落到了极点，士兵们一个个耷拉着眼皮，仿佛寒风中的草木，全无一点生气。将军们也互相争执起来，有的说该往这儿走，有的说该往那儿走，谁也说服不了谁。

尤其让齐桓公着急的是，部队的给养快没有了，如果不能尽快走出大山，他们将全部困死在这里。

将军们还在争执不下，不少士兵已躺在地上，似睡非睡。失望如阴沉的云雾，笼罩在每个人的心头。不能再这样争下去了，必须行动起来，齐桓公想。他又一次环顾四周，也不知道该往哪个方向走。但无论如何不能坐在这里，坐在这里只有死路一条，走下去才有希望。可到底往哪儿走，随便指一条路，看不到希望，早已疲惫不堪的士兵还愿意跟着他前进吗？

齐桓公一边仔细地观察，一边苦苦地思索。突然，他的坐骑一声长嘶，打断了他的思索。齐桓公看了看那匹千里良驹，暗自叹了一句，千里马呀千里马，你空有日行千里的本领，可是却不识路，不能带着队伍出山。然而就在这一瞬间，齐桓公灵光一闪，紧皱的眉头终于舒展开来。

齐桓公对大家说："老马识途，这句话你们一定听说过吧？"大家摇摇头。齐桓公继续说："你们怎么连这句话都没听说过？这可是圣人说的。大家都知道狗能记路，其实马也能，特别是老马。"大家的脸上依然是将信将疑的表情。

齐桓公拍了拍他的坐骑，说："这匹马就记得路。有一次，我独自外出，回家时又睡着了，可等我醒来，它已经把我驮到家了。"齐桓公目光扫过众人，从大家的表情判断，所有的人现在都已经相信"老马识途"了，至少相信他的那匹马能记得路。齐桓公脸上露出了微笑，现在，让我们跟着这匹马走吧，我相信它能把我们带回家。

齐桓公说完，拍了拍那匹马，松开了它的缰绳。

那匹马并不知道该往哪儿走，但它看得懂齐桓公的眼色。跟着齐桓公这么多年，它和齐桓公之间已经形成了默契。只要一个小小的眼神，它就知道齐桓公要它做什么。

齐桓公什么也不说，用眼神指挥着那匹马前行。

大家看到那匹马坚定地走在队伍前面，都对它充满了信心，步履都轻松了起来。

齐桓公也不知道他选择的路对不对，但他必须赌一把，一直走下去才有希望。

一天后，齐桓公笑了，他赌对了方向，队伍终于走到了大山。

所有人都相信了一句话：老马识途。有人问齐桓公："老马识途这句话是哪个圣人说的？"齐桓公笑而不答。

◀ 黔驴技穷

贵州没有驴，一头驴被人运到贵州后，就放在山坳中。驴子开始很高兴，这地方草肥水美，很适合它居住。而且，驴子发现这里没有比它更大的动物，更没有狼呀、狮子呀等凶狠的动物。驴子甚至想在这里称王。

但驴子很快就发现它的这种想法还不成熟，因为它听说这山中有一只极厉害的猴子，连老虎都不怕。驴子有些不相信，但大家都这样说，它又由不得不信。驴子决定去看看那只猴子。

驴子找到那只猴子的时候，猴子正在睡觉。驴子问："你就是那只谁也不怕的猴子？"猴子睁开眼看了一眼驴子，什么也没说，又闭上眼睛睡了起来。猴子莫测高深的表情让驴子更加相信，这是一只本领高强的猴子。但驴子仍想试一下那只猴子到底有多厉害，驴子就想踢一下那只猴子。可驴子又不敢冒险，于是它就扯开喉咙大叫了一声。猴子这次居然只把眼睛睁开一条缝就又闭上了。驴子更加害怕了，远远地逃开了。

驴子虽然不敢在这里称王，但这里毕竟没有狼呀、狮子呀，驴子就过起了无忧无虑的生活。

有一天，驴子发现山中有只老虎。这里居然有老虎！驴子吓得大叫一声，声音震彻云霄。从没见过驴子的老虎被吓跑了。

驴子想，老虎虽然暂时被吓跑了，可它要是再回来怎么办呢？驴子想来想去，也没有想到好办法，于是它决定去找那只猴子，看它有没有办法。

驴子低眉顺眼地向猴子说明一切，诚恳地问它该怎么办？猴子望了驴子一眼，什么表示也没有。驴子等急了，又问了几遍，猴子还是一句话也不说。驴子心中一动，问："莫非你是让我沉默不语？"猴子仍不说话。驴子想，看来猴子就是让我保持沉默呀。

老虎又出现了，开始几天，老虎只是远远地躲在一边观察驴子，后来慢慢向驴子靠近。驴子心里十分害怕，但它想起沉默的猴子，就假装什么也不在乎，沉默着一动不动。老虎围着驴子转来转去，在驴子面前表演各种捕杀猎物的动作。驴子想起它的叫声把老虎吓跑的情形，心说，看来我得让老虎看一看我的厉害才行。于是，它憋足了劲大叫一声。驴子感到这是它有生以来叫得最响亮的一次。

老虎果然被吓跑了，驴子很高兴。但驴子的叫声还没结束，老虎就不跑了，等了一会儿，看到驴子没有进一步的动作，又转了回来。后来，老虎的胆子更大了，逐渐走到驴子身边，甚至用它的耳朵在驴子身上蹭了蹭。驴子想，这时我要是狠狠地给它一蹄子，准会把它踢晕。驴子于是狠狠地踢了老虎一下。老虎大喜，原来驴子就这一点本事呀。老虎就吃了驴子。

　　不远处，猴子在树上替驴子惋惜：为什么非要表现你会叫会踢的本领呢？猴子想到这里，与老虎对视了一眼，默默地看着老虎离去。

◀ 塞翁失马

　　塞翁家里养了一大群马，塞翁每天的任务就是放马。塞翁的马都很听话，塞翁每天把那群马赶到山脚下，就任它们在那里吃草，塞翁就躺在山脚下晒太阳。塞翁的日子平静而幸福。

　　有一天，马群在山脚下吃草的时候，塞翁心血来潮，突然想到山顶看一看。塞翁年龄大了，已经很久没有上过那山了。塞翁小心地爬上山顶，欣赏着塞外的风光。这时，塞翁突然发现山那边有一个胡人，也在放牧着一群马，一大群马，比他的马群大得多的一群马。那群马正在悠然地吃着山脚下的青草。虽然看不太清，但塞翁可以确定，那些马个个膘肥体壮，比他的马壮实多了。塞翁的幸福生活就在那一瞬间被打破了，他嫉妒起那个胡人来了，为什么他的马群比我的大？为什么他的马比我的肥？

　　那一天，塞翁闷闷不乐地回到家里，见了谁都不想说话。晚上，一个人躺在床上还在想那群马。那以后一连几天，塞翁放马时都要费力地爬上山顶，久久地注视着胡人的那群马。塞翁越看心里越不是滋味，他想，那么好的一群马，为什么是别人的而不是我的呢？

塞翁转过身看自己那群马，突然发现有一匹马离群而去。这是从没有过的现象。塞翁不知道那匹马为什么会突然离开马群，他急忙向山下赶去，想唤回那匹马。塞翁往山下赶的时候，看到离他的马群不远处有一匹白马，正在欢快地玩耍。塞翁顿时明白了，他的马是想找那匹白马玩。

塞翁赶到山下的时候，那两匹马早已不见了踪影。塞翁气得直用拳头捶自己的胸口，恨自己为什么跑那么慢，白白损失了一匹马。塞翁又盲目地找了半天，也没见到那两匹马的踪影，塞翁只好失望地把马群赶回家。

塞翁气得饭也没吃，躺在床上生闷气。他的脑海中一会儿是他丢了的那匹马，一会儿是胡人的那一大群马。塞翁就这样迷迷糊糊地睡着了。

睡梦中，塞翁隐隐听到有马的嘶叫声。塞翁一下子醒了过来，于是他真真切切地听到马嘶声，就在他的门外。塞翁提着裤子打开了门，门外站着他那匹丢失了的马，而且它还带回了那匹白马。塞翁一下子抓住了那匹白马，连裤子掉了下来也没有发觉。

塞翁重新躺在床上的时候，仍抑制不住激动的心情。塞翁想，既然我的马能带回这匹白马，为什么不让它们把胡人的那群马也带回来呢？塞翁为自己的想法激动得一夜没睡着觉。

好容易熬到天亮，塞翁挑选了十几匹马，绕到山那边。塞翁远远地看到胡人的那一大群马了，塞翁就停下了脚步，他想看着自己的马是怎么把胡人马带回来的？在焦急的等待中，塞翁突然发现他的那些马快速地向胡人的那群马跑去。塞翁希望看到胡人的马群向他的马迎过来，塞翁焦急而幸福地盼望着这一刻的到来。但他失望了，他发现他的那些马跑到胡人的马群里去了，而且跟着胡人回家去了。

那一刻，塞翁明白自己的那些马再也不会回来了，那些马成了胡人的马了。塞翁重重地捶打着自己的胸口，痛悔地想，我怎么光想着用自己的马去引别人的马，怎么就没想它们会被别人的马给引走呢？

◀ 守株待兔

宋国有一个人，天天去请韩非吃饭。一连几天，韩非感动了，问他到底有什么事？宋人狡黠地笑了笑说："什么事都没有，只想请你到我家去看一看。"韩非不愿去，毕竟路程太远了。可禁不住宋人反复请求，于是坐着宋人准备好的马车出发了。

韩非在宋人家吃过饭，宋人就把韩非拉到自己的庄稼地里。韩非看到宋人的庄稼都荒了，韩非就有点心疼。韩非刚想劝宋人两句，宋人却先说话了。宋人说："请先生好好看看我这块地，给我写篇文章。"

韩非觉得很好笑，问道："你费了那么大的事请我来，莫非就是为了让我给你写篇文章？"宋人点了点头。韩非接着问道："你不好好种地，让我给你写文章干什么？再说，就你这块地，你让写文章时怎么说你呢？"

宋人赶紧又给了韩非一些钱，说："只要先生能把文章写出来，把我写成什么样都无所谓。"

韩非问为什么？宋人说："我不想像以前那样辛辛苦苦种地了，我想让你帮我扬个名，我就可以利用我的名气挣钱了。"韩非看了一眼宋人，说："这能行？"宋人坚定地点点头说："能行，而且可以惠及我的子孙后代。"

韩非摇了摇头，但看到宋人那坚定而殷切的目光，心一软，于是就答应了。看着那荒草丛生的庄稼地，一向妙笔生花的韩非实在想不出该怎么写？韩非就有些后悔自己贸然答应了宋人的要求。

就在韩非呆傻地站在那块地里的时候，突然，有一只兔子飞快从旁边跑过去，差一点就撞在一棵树上。宋人就不无遗憾地说："要是这只兔子撞在树上就好了，那样我就可以请先生吃兔子肉了。"

韩非心中怦然一动，一个巧妙的构思在他脑中迅速形成了。他看了一眼宋人说："在我的文章中，你的形象被丑化可以吗？"

宋人爽朗的笑声几乎冲破了云霄。

韩非提笔一挥而就，写下了那篇流传千古的《守株待兔》。

宋人的大名立刻传遍各国，成为当时名声最大的一个人。无数的人都到宋人住的地方，去看守株待兔的宋人，去看那棵撞死兔子的树。

宋人则在自己的地里建起了一个园子，卖起了门票。宋人的生意十分红火。宋人的后人们也一直按着宋人的思路经营着那个园子。那所谓守株待兔的地方就成了流传千古名扬中外的旅游景点。

两千多年过去了，不断地有人对守株待兔的故事进行考证，有人考证出那棵树其实只是一棵树桩，有人考证出那只兔子当时正在被一只狼追赶，也有人考证出宋人当时穿的衣服是什么样的。只有宋人站在历史的云雾中狡黠地笑着。

◀ 掩耳盗铃

县令是从其他地方调来当县令的。县令一调来，就发现衙门口挂着一个金铃铛。铃铛金光闪闪，在阳光的映照下发出绚烂的光芒。县令立刻就喜欢上了那铃铛。

但县令没有把他对铃铛的喜欢表现出来，当他意识到自己盯着那铃铛的时间有点长了之后，他立刻强迫自己把目光从那铃铛上移开。然后，他的目光漠然地扫视着周围的一切，以掩饰自己刚才对那铃铛的注视。

那铃铛对县令的诱惑实在太大了，县令时时刻刻都想着那铃铛。县令忍了一段时间之后终于忍不住了。一天夜里，县令偷偷来到衙门前，看看四周没人，伸手去摘那铃铛。县令的手刚碰到那铃铛，铃铛就丁零零响了起来。几个值班的衙役立刻跑了过来。县令看到衙役，尴尬地笑笑说："我刚才没注意，碰了一下这个铃铛。"衙役们谄媚地笑了笑，离开了。

县令没有得到那个铃铛，心中十分难受。

第二天，县令正在办公，那铃铛又响了起来。衙役们立刻跑过去，很快抓了一个人来。那人叫傻二。傻二被押到公堂上，还莫名其妙地望着大家，说："我明明把耳朵捂得严严的，你们怎么还能听到铃铛响？"衙役们都笑得前仰后合。县令也笑了，县令不是像衙役们一样笑傻二的可笑，县令是发自内心的微笑。

按照当时的法律，傻二是要坐三年牢的。但县令没有这样判，县令说："看在傻二神志不清的份上，杖责四十吧。"于是，傻二挨了四十杖，当场被释放了。

又过了一段时间，有一天，县令让人买了一些爆竹回来，县令说要与民同乐。衙役们都欢天喜地起来，有几个衙役就开始张罗着放那爆竹。县令说那爆竹声音太响了，大家把耳朵都捂上吧，以免震坏了耳朵。衙役们都捂起了耳朵，有的捂的紧，有的捂的松，有的只是把手虚放在耳朵上。

县令看大家捂住了耳朵，就示意衙役点燃爆竹。爆竹声中，县令来到衙门口，从容地摘下那个铃铛，放在自己的怀中。铃铛发出的声音很响，把爆竹的声音都压了下去。衙役们听到铃铛的响声，先是一愣，但看清那丁零零的声音就在县令怀中时，于是都明白了是怎么回事，一个个把耳朵捂得更紧了。县令就开心地笑了。

又过了几天，县令才假装发现铃铛失盗的事，让衙役抓来傻二，逼傻二承认铃铛是他偷的。傻二开始不承认，但禁不住酷刑，终于认了罪。傻二于是坐了牢，不久就死在牢中。

但自从拥有了铃铛后，县令的烦恼也就来了。他只能把铃铛藏在箱底，不能向任何人显示他拥有那个铃铛。他也不敢把玩那个铃铛，不要说把玩，连碰都不敢碰一下，因为一碰，那铃铛就发出巨大的恐怖的响声。

那铃铛就成了县令的一个心病。

◀ 叶公好龙

叶公正在作画，忽然感到有些心神不宁。这是从没有过的现象，叶公有些奇怪，决定不作画了。这时叶公听到屋外有一种十分奇怪的声音，叶公放下画笔，走出屋子。叶公顺着声音望去，只见一条龙盘旋着向云层中飞去。在霞光的映照下，那条龙浑身金光闪闪，显得那么威武。虽然距离遥远，叶公看不清那条龙的模样，但在那一瞬间，叶公就喜欢上那条龙了。

叶公很想多看那龙一眼，可惜那龙已隐身云中，看不见了。叶公痴痴地望了半天，脖子酸得都要低不下来了，也没有再看到那条龙的影子。

接下来很长一段时间，叶公每天痴痴地站在屋外，望向那条龙离去的方向，他渴望能再见到那条龙。然而，那条龙却一直没有再出现，留给叶公的只是当初的那一抹背影。

叶公怅然地提笔画出那条龙。画完，叶公仔细看了看，总觉得和自己见到的那条龙不是很像。究竟哪地方不像，叶公也说不清，似乎每一笔都像，又似乎每一笔都不像。叶公努力回想着那条龙的形象，对自己的画又作了一些修改。可叶公还是不满意。

一连几天，叶公天天回想那条龙的样子，然后按照自己的想象去修改、重画那条龙。终于有一天，叶公画出了一条令他十分满意的龙，他觉得自己画的龙和那天见到的龙一模一样。叶公仔细端详着那条龙，越看越喜爱，一刻也舍不得放手。叶公觉得，这就是他心目中最完美的龙。

叶公天天按照他的想象画那条龙，画那条龙不同的动作，不同的神态。每一幅都栩栩如生。叶公的房间里到处都是那条龙的画像，四壁贴满了，他就把龙刻在门窗上，门窗刻满了，他就把龙刻在房屋的柱子上。最后，他所有的衣服上也都绣上了那条龙的画像。

那条龙成了叶公最大的寄托。叶公不敢想象，没有了那条龙，他将怎么生活下去？

叶公对龙的痴情感动了很多人。叶公好龙的故事就迅速流传开来。最后那条真龙也知道了。真龙也被深深地感动了，它决定去见叶公。

真龙到叶公家时，叶公恰好不在家。真龙看到叶公房子上到处都是画，真龙就感到很奇怪，不是说叶公屋里屋外都是我的画像吗，可这画的分明不是我呀？

真龙正在奇怪的时候，叶公回来了，真龙就上前行礼。叶公见到那条真龙，吓得倒退了好几步，扑通坐在地上，颤声问道："你是谁？你想干什么？"真龙有些失望，说："我就是你见过的那条龙呀，你不是说你最喜欢我吗？"叶公连连摇头，指着他画的那些龙说："不，不，你不是我见过的那条龙，我见过的龙是这样的。"

真龙说："我真的是你见过的那条龙。"叶公又指着那些画说："即使你真是我见过的那条龙，我也不会喜欢你的，我只喜欢这样的龙。"

◀ 鱼目混珠

主人有一些珍珠，它们都躺在一只盒子里。大家没事干，就天天聊天，气氛很融洽。

有一天，主人把一个鱼目也放进了盒子里，与珍珠们躺在一起。珍珠们用鄙夷的目光望着鱼目，说："哎，你是什么玩意儿，怎么这么难看？"

鱼目答道："我是鱼目呀。"

众珍珠"嗤"地笑了起来，说："原来只是一只死鱼的眼睛呀，你有什么资格和我们在一起呀？要知道，我们可都是货真价实的珍珠。"这样说时，紧挨着鱼目的珍珠就把鱼目往别的地方推。其他的珍珠又把鱼目往另外的地方推。总之，谁都不愿意和鱼目挨在一起，好像这样一来，自己的身份就会掉下来。鱼目被推来推去，却始终还在盒子里——珍珠们无力把它推出盒子。

一些珍珠就抱怨道："主人是怎么回事呀，怎么会让这个死鱼眼和我们住在一起？"

另一些珍珠就说："一定是主人花了眼睛，把这个死鱼眼当成了珍珠。"

"是呀，一定是这样的。"又有一些珍珠都说，"主人再来看我们的时候，一定要让主人把这个死鱼眼扔到垃圾箱里去。"

"对，把它扔垃圾箱里去。"所有珍珠都说。

很快，主人就又来看它们了。所有的珍珠都说："主人，把那个死鱼眼拿走。"可是主人听不见他们说的话。珍珠们就大声喊："主人，快把那个死鱼眼扔垃圾箱里去，我们受不了它。"可主人还是没听见。

主人还把它串在了一起。于是，它们就成了一串珍珠。

紧挨鱼目的珍珠说："这可怎么办呀，我们要一辈子和这个死鱼眼待在一起了。"

"是呀，"一些珍珠感叹道，"我们怎么这么倒霉呢？"

"真倒霉呀。"几乎所有珍珠都这样感叹。

"也不一定呢。"一颗珍珠说道。

"为什么呢？"其他的珍珠异口同声地问。

"主人把我们拿去卖的时候，买家一定会认真察看每一颗珍珠的，这样，这个死鱼眼就会被发现，就会被扔掉。"那颗珍珠说。

"是呀，是呀。"珍珠们又兴高采烈起来，都祈祷着主人早点把它们拿出去交易。

也许是它们的祈祷起了作用，主人真的把它们拿去卖了。

买主拿起珍珠仔细地看，于是就看到了那颗鱼目。买主仔细看了看鱼目，惊呼："啊，这串珍珠里居然有颗鱼目！"

主人听了，拿过那串珍珠看了看，说："真的有颗鱼目。不过没关系，我可以把这个鱼目扔掉，或者再便宜点。"

珍珠们都欢呼起来，同时也为那颗鱼目影响了它们的身价而愤愤不平。

买主制止道："不不，我可以不要珍珠，但一定要这颗鱼目。"

"为什么呢？"主人问。

"这是一种已经绝迹的大鱼的眼睛，这种鱼目，这世上应该只有这一颗了。这可是绝世珍品呀。可惜它被你当成珍珠钻了个孔，否则，它的价值要高得多。"买主说。

珍珠们都瞪大了眼睛。然后，它们一起大喊："不要把鱼目拿走，我们要和鱼目在一起。"

但是买主只买走了那颗鱼目。

珍珠们十分沮丧，一个个垂头丧气的。

和鱼目挨在一起的两颗珍珠突然高兴起来，对其他珍珠说："我们曾经和那颗独一无二的鱼目紧挨在一起好多天呢，这可是你们谁也没有过的待遇。"

其余珍珠都羡慕地看着那两颗珍珠。

那两颗珍珠就高贵了起来。

◀ 威 风

　　路况越来越差，车子不停地颠簸，颠得安德平直想吐。安德平有点后悔，为什么非要跑几百里山路去看徐卫东。

　　安德平从省城一动身，就给徐卫东打电话，让徐卫东直接去县城见他。徐卫东在短暂的惊喜之后，略带遗憾地说，他走不开，他的学生需要他，他不能因为去见一个老同学而耽误学生整整两天的课程。他还说，如果安德平真想见他，可以直接到南山小学去找他，也许还能现场给他的学校解决点实际困难。

　　没等徐卫东说完，安德平就挂了电话。这些年，很少有人敢拿他的话不当回事了，可这个徐卫东居然敢这么不给他面子，让他很生气。安德平不仅生气，还很失望。他打电话让徐卫东到县城，就是想让徐卫东看一下他现在的排场和威风。他要让警车开道，带着一个长长的车队，和徐卫东在县城里转一圈。他要向徐卫东证明，大学时他说过的话现在实现了。

　　安德平和徐卫东是大学同学。有一次，两人去逛街，他们想沿着斑马线到马路对面时，被两名警察拦住了。警察说，马上有领导的车队从这里经过，现在临时戒严，不准任何行人和车辆经过。徐卫东愤愤地说一句，领导是人其他人就不是人？警察瞪了徐卫东一眼，不再说话，只是拦着他们不让过。不一会儿，一个车队呼啸着从他们眼前开了过去，前面还有警车开道。安德平直直地盯着车队，直到看不见踪影，才艳羡地对徐卫东说，好威风呀。将来我一定要当大领导，要比他们还威风。徐卫东淡淡地说，也许你可以当很大的领导，可你未必会有什么威风。安德平拍了拍徐卫东的肩膀，说，等着吧，我一定会让你看到我的威风。

毕业后，徐卫东自愿去山区支教，并且从此在那里扎下了根。安德平却用尽各种手段，副科长、科长、副处长……一步一步向上攀升着。有几次，他主动和徐卫东联系，想把他调出山区，给他找一份理想的工作，可每次都让徐卫东拒绝了。为什么会这样？安德平想不通，他想，也许是徐卫东还不清楚他的能量吧？现在安德平的地位已经很高了，一出门就前呼后拥的，每次到基层都有警车开道，这种威风一定是徐卫东不敢想象的。

他要让徐卫东看到他的威风。

可是徐卫东偏偏不愿意到县城去见他，他只好去见徐卫东。他本来想带一个长长的车队的，可山路太难走，不得已只能让县长等几个人陪着。有县长给他带路，这架势相信徐卫东也是从来没有见过的。

车子突然停了下来。前面一条小溪，因为刚下过雨，阻断了路。更要命的是，带路的车陷进一个泥坑里，出不来了。恰好有几个农民经过，县长就报出了自己的身份，请那几个农民把车子抬出来。农民们斜眼看着县长，说，你们几个人抬不动？县长说，来的都是领导，我怎么能让领导抬车呢？农民们不理县长，继续往前走。县长连忙掏出一沓钱说，我给钱，给钱不行吗？农民们没有人回头，蹚过没膝的溪水走了。

安德平下了车，县长连连道歉，说，这儿平时是可以过去的，谁知涨了水，都怪我工作不细。安德平摆了摆手，不让县长再说下去。时间一分一秒地过去，安德平烦躁地四下看着，心里更加后悔这次莽撞之行。这时，又一个农民经过，安德平问，到南山小学怎么走？那人问，到南山小学？你找谁？安德平说，去看徐卫东，我是他大学同学，专门从省城来看他的。我的车子陷在这里了。那人看了看，说，你们等着，我回去喊人去。

过了半个多小时，只见一大队农民扛着木头、门板快速赶了过来。县长给钱也不干的那几个农民也在其中，见到安德平就说，对不起，我们不知道你是徐老师的同学。很快，大家就把陷在坑里的车子抬了出来，并且用木头、门板在小溪上临时搭起了一座小桥。赶紧去吧，这儿离南山小学还有十里路呢。农民们说。

想到来见徐卫东的目的，安德平感到脸上发烧。徐卫东才是真威风呀，他在心里感叹道。

安德平让县长他们都回去，他要徒步去见徐卫东。

◀ 包黑子

包黑子只是一个外号。包黑子甚至不姓包，姓鲍，是厂里的安检员。或许是职业的缘故，他平时总是绷着脸，眼睛老瞅着别人的毛病，一旦发现了，脸立刻变得比包公还黑，丝毫不讲情面，于是大家都叫他包黑子。开始只是偷偷地叫，后来当面也叫，他并不生气。他好像只在发现安全生产问题时才生气。

包黑子快要退休了，几次和厂长提出要培养一个年轻安检员，厂长总是说："不急，你退休还有一段时间呢。"厂长最近一次说这话时，包黑子的脸阴沉得能滴出水来。"你以为临时抓个人就能干安检？"他扔下这句话拂袖而去。

中秋节后，厂长来找包黑子，一见他就笑。厂长平时见了人不笑，脸上的表情永远是严肃的，全厂的人都怕他。或许包黑子比他更严肃，见到包黑子，他会难得地露出笑容。厂长说："你不是一直想要个安检员吗，我给你物色了一个人。"

包黑子认真地说："不用了，我已经物色好了，就准备和你说呢。"

厂长脸上的笑容立刻消失了，目光像针刺一样硬硬地扎在包黑子身上，却不说话。空气瞬间就凝固了起来。

包黑子迎着厂长的目光，说："前几天咱们厂的中秋联欢会上，有个背诵安全生产管理办法的小伙子，我就要他了。"

厂长紧绷的脸慢慢舒展开来，回头喊："万永顺，进来。"

一个小伙子走进屋，一见包黑子就很谦恭地点头问好。正是联欢会上背诵安全生产管理办法的小伙子。包黑子当时还有意提问了几条，他都很熟练地背出来，一字不差。包黑子当了快二十年安检员了，每一项安全生产条款他都很熟悉，但要一字不差地背下来，他也没把握。包黑子当时就打定主意培养他当安检员。

包黑子的脸上也难得露出了笑容。

厂长对万永顺说："你先跟着鲍师傅学习吧，能不能干安检看你的表现。"

厂长走后，万永顺问："我今天需要做什么？"

包黑子当初当安检员时，开始一段时间，天天就背安全生产管理办法。可万永顺显然不用再背，包黑子说："你去随便转一转，看看有没有什么问题？"

万永顺恭敬地应了一声，出去了。再回来时，他的笔记本上记了好几条问题。比较严重的有两个。一个是某工人在开动机器设备前没按规定对机器进行常规检查；另有一个工人去洗手间回来，烟头还没掐灭就进入了生产车间。包黑子看完，拍了拍万永顺的肩膀，说："干得不错。"

恰好厂长走过来，问万永顺："这两个人该怎么处理？"

万永顺立正，微微前倾身子，说："按照咱们厂的规定，这两个人都要罚款 50 元。"

厂长阴沉着脸说："在生产车间吸烟的后果有多严重你知道吗？罚款 50 元，不痛不痒的有什么用？至少要罚 100 元，还要写检查。"

万永顺的腰向下弯了弯，说："您批评得对，罚款 100 元，写检查。"

包黑子脸一黑，冷冷地哼了一声。

万永顺看看厂长，又看看包黑子，一脸惶恐，腰弯得更低了。

第二天，包黑子把万永顺退回了原单位。厂长问他为什么？

包黑子说："他的腰不硬，这样的人是干不好安检工作的。"

没有季节可以错过

◀ 项伯之死

项伯偷偷来到张良的住所时，夜已深。项伯一把拉住张良说，恩公快随我走，不要留在这里等死。

张良一惊，忙问，莫非项王要来攻打沛公？项伯默然。

张良说，假如我是见死不救之人，你今天会来救我吗？项伯摇头。项伯当然不会，张良真要是见死不救之人，当初就不会救项伯，那样项伯早就死了，又怎么会来救张良？

张良又说，假如我是不忠不义之人，你还会来救我吗？项伯说，不会。

张良说，我是沛公最信赖的重臣，不能不救沛公，正如项王有难你不能不救一样。你随我去见沛公吧。

项伯摇摇头，说，你是我的救命恩人，所以今天我才不惜犯死罪来救你。若要去救沛公，就是对项王的不忠，那我又有何面目再见项王。项伯说完，拱手而出。

项伯没走多远，就见一队人马举着火把追来了，待到近前，才看清是张良和刘邦带的人。见到项伯，刘邦躬身行礼，恭恭敬敬地叫了声项兄。项伯拱拱手，不说话。

刘邦说，当初项王与大家约定，先入关中者为王。我虽先入关中，却绝无称王之心，一心等待项王到来，只想做项王手下一臣。

项伯冷冷地说道，果真？

刘邦指天发誓。项伯将信将疑。

刘邦说，项兄若不信我，我愿把心挖出来给项兄看。刘邦说着，一把匕首直刺向自己的胸膛。张良大惊，连忙阻拦，但匕首已刺入刘邦胸膛半寸。火光映照之下，项伯看见鲜血浸透了刘邦的衣衫。

项伯连忙扶住刘邦说，我信你了。项王有沛公，真是项王的福气啊。

刘邦捧出两块美玉，递给项伯，说，一块给项王，一块给项兄，请项兄务必向项王说明我刘邦誓无二志，终生不敢背叛项王。项伯接过给项羽的那块美玉，另一块坚决不受。

刘邦说，我愿与项兄结为兄弟之谊，共事项王。项伯犹豫了一下，说好吧。

项伯返回，立即向项羽说明刘邦的忠心，劝项羽重用刘邦。鸿门宴上，项庄舞剑，意欲击杀刘邦，项伯起身对舞，救了刘邦一命。

刘邦离去时，对项伯说，我永远不会忘记大哥的救命之恩。

不久，楚汉战争爆发。楚汉战争打了四年，屡战屡败的刘邦最终却打赢了一场最重要的胜利。在垓下，他的军队把项羽的楚军团团围住，虽然一时难以歼灭，但楚军却也无法突围。四面楚歌响起，楚军军心涣散，失败已在所难免。

项伯知道，项羽是彻底失败了，败在那个口口声声永远不会背叛项羽的刘邦手下，而且绝不会有翻身的机会了。项伯作出一个重要决定，他要去刺杀刘邦。项伯知道，这是一个几乎不可能完成的任务，而且即使侥幸成功了，他也不能挽救项羽必然失败的命运，自己也不可能从汉军营中活着走出来。但他想，当初是自己误信刘邦，救了刘邦的命，才造成了今日的后果。今天自己只有拼掉老命去杀掉刘邦，才能对得起项王，对得起自己的良心。

刺杀未成，项伯被刘邦的卫兵抓住。

刘邦上前一步，喊一声大哥。项伯说，别这样喊我，四年前我就不是你的大哥了。刘邦笑着说，你我有兄弟之谊，不管你怎么想，我都始终把你当作我的大哥。项伯闭上眼睛，不看刘邦。刘邦又说，你如能再助我一次，劝项羽投降，我定会重用你的。

项伯唾了刘邦一口，骂道，你这背信弃义的小人，永远不要再指望我帮你。项伯骂完指名要见张良。

刘邦说，大哥无论有什么要求，我刘邦无不答应。只是这几日张良督运粮草去了，暂时不在营中，我这就派人去请他来与大哥见面。

离开项伯，刘邦吩咐手下人，任何人不得把项伯被抓的事情泄露出去，尤其是不能让张良知道，否则，杀无赦！

此后一连几日，刘邦天天来见项伯，请项伯去劝项羽投降。项伯看都不看刘邦一眼。

几日后，项羽兵败，自刎于乌江。

听到这消息，刘邦一挥手，叫人杀了项伯。

◀ 诗　人

汪海华是个诗人。

作为县作协主席，我却不知道我县有这么个人。直到一个朋友谈起他，我这才知道，汪海华是某镇的镇长，很喜欢写诗。朋友说，哪天我给你介绍一下。然后又补充说，他是你的粉丝呢。这话说得让我有点飘飘然。又想，既然他是镇长，也许能为我们的文学聚会提供一点帮助，比如解决一顿饭什么的。于是对与他的见面就有了些许期待。

朋友走后，我在网上认真搜索了一下，并没有见到汪海华的作品。一首诗都没见到。见到的都是作为镇长的他的新闻，比如他到困难群众家中慰问，再如他到田间地头与农民座谈，等等。或许是他用了笔名，又或者他并没写过什么诗作，只是喜欢而已。我这样猜测见不到汪海华作品的原因。

之后很久，我和汪海华都没有过交集，渐渐地把他淡忘了。

有一天，汪海华突然找到我，拿出一沓打印的诗稿，请我指点。

还有一个精美笔记本，里面贴着他发在报纸上的几首诗。汪海华诚恳地望着我，目光中竟还有一丝腼腆。与我想象中完全不一样，明显少了些成熟与世故。

我先看了一下笔记本上的几首诗，全发在本市日报或晚报上。且都是十多年前的作品。诗还显稚嫩，但好在还算清新。我又简单翻了一下那沓打印的诗稿（都是近几年的作品），觉得没什么诗味。比起十多年前发表的那几首，竟然明显不如。我不知道该怎么和他说，生怕说得太直让他生气。我放下那些诗，说待我认真拜读后再提意见。然后我们就随便聊些有关文学的东西。

我问他平时读不读诗，他说很少。又感叹道，没时间呀。我呵呵笑了笑，说，还是要多读一点。不读诗怎么能写好诗呢？他连说，是，是，我尽量多读一点。态度颇似一个小学生。

汪海华说今天恰好有空，要请我吃个饭。我说不用，其实只是客气。这时他接了个电话，然后一脸歉意地说，实在抱歉，今天还真不行了，改天我再请你。然后又解释说，他们镇正在洽谈的一个大项目的负责人来了，他要去陪一下。这个项目要是谈成了，我们镇的好多蔬菜就可以就地加工了。汪海华说。

之后我们又通过几次电话。于是我知道，汪海华从学生时代就立志当一个诗人。毕业后他选择当了一名老师，因为这个职业有利于他创作。我说这倒是的，那你为什么又改行了呢？他说是因为一次上访。你还上访？我惊奇。他说，是帮别人。

汪海华有个学生，父母双亡，和爷爷奶奶生活在一起。家里很穷，爷爷奶奶身体也不好，完全符合低保的条件，但村里就是不给申报。汪海华就找到村书记，说了一通大道理，既义正词严，又饱含深情。汪海华觉得，铁石心肠的人都会被他感动的。但村书记只丢给他一句"符不符合条件不是你说了算的"就不再理他了。汪海华就到镇里上访。镇长也签批了，要求村里"按规定办理"。可村里说"按规定"不该办。那一刻，汪海华发现，手中无权，想要为别人做点事居然那么难。于是，他决定从政。

再次见到汪海华是在电视上。那段时间连降暴雨，淮河水位猛涨。汪海华任职的那个镇内有一条淮河支流，因为地势低洼，每次防汛都是重点。电视上，汪海华正扛着一个沙包加固一处要决堤的地方。记者采访他时，他很豪迈，表示一定能战胜洪水。最后他还即兴作了两句诗："我兀立于淮河之上／滔滔河水在我脚下打颤。"记者还笑着说了一句，这只是淮河的支流。汪海华也笑，说，是淮河咱也不怕。

然而第二天就听到了汪海华去世的消息。

又是一夜暴雨，那条支流还是决了个口子。水流太快，沙包扔下去就被冲走。汪海华带头跳进水中，像根木桩拦住沙包。决开的口子终于被堵上了，但汪海华由于太疲惫，滑倒水中被冲走了。

我的眼泪立刻流了下来，耳边响起他最后创作的那两句诗：我兀立于淮河之上／滔滔河水在我脚下打颤。

我觉得，这是他一生中写得最好的一首诗。

没有季节可以错过

◀ 没有季节可以错过

老徐养娃娃鱼纯属意外。

老徐有个微信群，群不大，多是熟人。什么时候进的群，怎么进的群，老徐都已经忘记了。平时也没什么人讲话，总是沉在其他微信群的下面，偶尔才浮上来。

有一天，老张在群里晒出一对娃娃鱼的照片，说不想养了，问有没有人愿意接手。群里就热闹起来，但多是称赞那娃娃鱼长得可爱的，也有人问各种各样的问题，比如娃娃鱼多大了？平时吃什么？会不会生小娃娃鱼？也有人问老张为什么不想养了？只有一个人问多少钱一斤，好不好吃？那人是老王。老徐知道老王是个吃货，喜欢吃各种稀奇古怪的东西，立刻替那对娃娃鱼担心起来，连忙和老张私聊，告诉他无论如何不能把它们卖给老王，实在没人要就给他。

就这样，那对娃娃鱼到了老徐家。它们是一公一母，已经四岁了。

老徐很快就为自己的冲动后悔了。他原以为，随便把它们放进什么盆里缸里，每天定时喂点吃的就行了。哪知道，养娃娃鱼要建专门的养殖池，要避光、阴凉，温度不能太高，高于26度它们就不进食，再高的话就容易死亡；水要清洁，要流动，娃娃鱼喜欢水流湍急的环境。老徐家里不方便建养殖池。好在老张把他的玻璃鱼缸一起转让给了老徐。老张也没有专门的养殖池，就在鱼缸里养的它们。那个鱼缸很讲究。缸底铺有干净的沙砾碎石，缸内有一个增氧机，一个让水流动的抽水泵，还有一些叫做金鱼藻的水草。

"家"的问题解决了，老徐开始解决娃娃鱼吃的问题。老徐从老张那里知道有一个卖红虫的，有点远，老徐每次要骑20分钟自行车才能到。远就远吧，权当锻炼身体了。小鱼小虾它们也喜欢吃，老徐也时常给它们买。有时，老徐会买点肉，切成细细的小块，再慢慢捣烂，做成肉浆喂它们。老徐觉得儿子当年也没它们难侍候。

老徐养得精心，娃娃鱼长得也很快，短短几个月时间，就比刚来时明显长大了不少。老徐很开心。

可渐渐的，老徐发现它们有点发蔫，也不怎么吃东西了。开始，老徐以为是东西不合它们的胃口，就变着花样为他们弄好吃的，可他们还是越来越蔫。老徐就向老张求教。老张说，天冷了，它们准备冬眠了。老徐这才知道，温度低于10度，娃娃鱼就不进食了，准备冬眠了。

冬眠多没意思，老徐已经习惯并喜欢上了每天照顾它们的日子，不想让它们冬眠。方法很简单，买个加热器，让水温保持在15到25度就行了。这个温度它们最活跃，老徐喜欢看到它们生机勃勃的样子。它们也没有辜负老徐，一个冬天又长大了不少。

转过年它们已经五岁了，该到繁殖的时候了。老徐查了资料，野生娃娃鱼五六岁开始繁殖，人工养殖的还会提前。想到它们很快会生一堆小娃娃鱼，老徐就像第一次要当父亲一样激动。老徐就天天盯着那条母娃娃鱼看，可怎么看都觉得它的肚子没有变化。也许像有的女人一样，不到最后不显怀，老徐这样安慰着自己。转眼又过了几个月，它的肚子还是没有一点变化，眼看就要错过繁殖季节了，老徐越来越着急了。问老张，老张也不明白是怎么回事，就给了他一个专家的联系方式。老徐就向专家请教。

专家详细询问了他的饲养过程，说，你怎么不让它们冬眠呢？

这有关系吗？

当然。专家告诉老徐，娃娃鱼只有经过冬眠的修整，第二年苏醒后才有精力追逐异性，交配繁殖。没有冬眠的娃娃鱼就会失去追逐异性的激情，何谈繁殖？

怎么会这样？老徐拍着脑袋叹道。